縁切り姫の婚約

白土夏海

角川文庫
24208

人物紹介

イラスト／Shabon

御《み》景《かげ》藤《とう》矢《や》
「特格神社」の頂点、御景神社の跡取り。クールで何事にも動じない。

綿《わた》本《もと》雪《ゆき》音《ね》
縁切り神社の生まれで、無自覚ながら強い力を持つ。明るく前向き。

佐《さ》渡《わたり》燕《つばめ》
御景家の親戚筋の男巫。藤矢を守ることが第一優先。陽気で人当たりがよい。

村《むら》雨《さめ》蛍《けい》輔《すけ》
藤矢と燕の恩師だが、2人を破門にしている。天才的な術者だが性格は独特。

特格神社

『神力』を持つ神職たちが仕える特別な神社。
一般神社では解決できない問題に『神力』で対処している。

死ぬんだ、と思った。

降り積もった雪の上に、赤い血痕《けっこん》が飛び散っている。雪音《ゆきね》の喉《のど》から呻《うめ》きが漏れる。少し身じろぐだけで全身が痛い。

辺りは荒れ果てていた。木々はなぎ倒され、手水舎《ちょうずや》も崩落し、狛狼《こまおおかみ》像は粉々。こじんまりとした平和な境内は、見る影もない。

大好きな祖母も死んだ。殺された。一瞬だった。しゃぼん玉が弾《はじ》け飛ぶみたいなあっけなさだった。雪音の鼓膜には、くぐもったとても短い悲鳴がこびりついている。

(私のせいで……)

罪悪感で涙が溢《あふ》れる。涙は真冬の外気に触れ、瞬く間に冷たくなる。肌に嚙《か》みつかれたような感覚だ。

それでも、もっと痛くていいと思った。自分だけがまだこうして生きているのが、申し訳なくて、情けなくて悔しくて悲しかった。

(私のせいで、みんな死ぬんだ……)

粉雪が降り続けている。視界が雪と涙でぼやける。

(どうしたらいい？　どうしたら……)

いくら考えても案はなく、力もなかった。現に今、立ち上がることも出来ないのだ。

絶望と無力感が心を覆っていく。唇を強く噛みしめる。鉄の味がする。

「……っ」

ざくざくと、雪を踏みしめる足音がした。身を強張《こわば》らせた雪音の上に、黒く不気味な影が差す。

「だれか……」

震える声で、いつの間にかそう呟《つぶや》いていた。

「誰か助けて……」

——次の瞬間。鋭い一閃《いっせん》が宙を走り、影を祓《はら》った。

(光の矢……？)

雪が花びらのように舞い上がって、雪音の体もふわりと宙に浮く。風だ。風が生き物のように、雪音を包み込む。

思わず目を閉じ、身を縮こまらせた。が、恐怖は一瞬で霧散する。

(暖かい……)

ほどなくして、誰かの腕に抱き留められていた。思わず瞼《まぶた》を上げる。目が合う。

「生きてるか？」

誰かが、雪音を覗《のぞ》き込んでいた。

「よし。生きてる」

見覚えのない、和装の青年だ。

新雪を切り出したような、光沢のある銀髪。涼やかで切れ長の目元が印象的な白皙《はくせき》の美形で、頰や鼻先が寒さで赤くなっていた。

「もう大丈夫だ」

彼は雪音の涙を拭《ぬぐ》いながら言う。

「何も心配しなくていい。あとは全部、俺に任せて」

その声はしなやかな植物のようで、鍛え抜かれた武器のようで、強く気高く頼もしく、そして優しかった。誰もが寄りかかりたくなるような、そんな光に満ちていた。

——彼は確かに、私の雪解けだったのだ。

この国には限られた人々だけが知る、特殊な神社が存在する。

それらは『特格神社』と呼ばれ、仕えるのは『神力』を持つ神職たち。

彼らは祀《まつ》る神々の力を借り、陰ながら人々の暮らしを守り続けている。

綿本《わたもと》雪音もまた、特格神社の跡継ぎとして生まれた、神力を持つ娘である。

ただし彼女は自分の持つ力について、そしてこの世界に隠された闇について、まだ何ひとつ知らない。

第一章　残酷な冬

綿本雪音は銀世界でスキップを踏んでいた。

東北《とうほく》の山間《やまあい》。温泉もスキー場もない、のどかな町。鉄道駅や高速道路のインターチェンジからも離れており、騒がしさとは縁遠い。都会のような刺激はないけれど、穏やかな空気に満ちたこの土地が、雪音は大好きだった。

空は高く、天体観測にももってこい。地平線まで星明かりが散らばっている。

(明日の月次祭《つきなみさい》も晴れそうだな)

月次祭は、神社で毎月開催される祭典のこと。雪音の実家は『六出《むつで》神社』という、こじんまりとした氏神神社である。

氏神とは、その土地に住む者を守る神を指す。六出神社は、基本的に住民のための場所だ。神社行事以外に、ラジオ体操やバザー、防災訓練など、地域のコミュニケーションに使われることも多い。

「ふんふんふーん」

雪音のスキップと鼻歌が、銀世界を彩っていく。

雪音は月次祭が好きだ。節分祭も祈年祭も、新嘗祭《にいなめさい》も大祓式《おおはらえ》も好きだ。ラジオ体操も防災訓練も好きだ。六出神社のすべてが好きだった。

灰雪が音もなく降り注ぐ中に、朱塗りの鳥居が見えてくる。石段を二段飛ばしで駆け上がっていく。

「あらっ、雪音ちゃんおかえりなさい」

「ただいま。いらっしゃい」

半分ほど登ったところで、氏子の女性とすれ違う。同じ町内に住んでおり、雪音とは子どものころから顔見知りだ。

「受験勉強どう?」

「ううーん……なんとか頑張ります!」

苦笑を浮かべながら、手を振って別れた。

彼女の言う通り、雪音は高校受験を控えた中学三年生だった。勉強は嫌いではないけれど、ピリピリとした受験の雰囲気からは一刻も早く解放されたい。

何より早く高校生になりたかった。高校生になったら、跡継ぎとして本格的な修行が始まる予定だから。

階段を登りきると、すぐに石畳の参道になる。鳥居の前で立ち止まり、丁寧に一礼。本殿を横切り、狛狼の石像の前に立つ。

「ただいま、神使さま」

六出神社では、多くの神社で狛犬《こまいぬ》が座す場所に、狛狼が鎮座している。

六出神社の神使は、古くから犬ではなく狼《おおかみ》だ。それぞれ左右の耳元に、神紋の雪紋が彫り込まれている。

二頭とも少しだけ汚れていたので、ポケットからハンカチを出して拭《ふ》く。そしてまた一礼。雪音はそのまま、神社に隣接する自宅に向かう。

「ただいまー。おばあちゃんいるー？」

返事はない。しんと静まり返った玄関先で首を傾げ、「あ」と気づく。

（今日はご祈禱《きとう》の予約が入ってるんだった）

壁時計を見上げれば、ちょうど祈禱が始まる頃合いだった。

（覗いてもいいかな？　覗きたいな。いやでも、受験勉強……）

そわそわと迷うこと数秒。雪音は自分に言い聞かせるように「ちょっとだけ！」と声を上げ、玄関を飛び出した。

（おばあちゃんの剣舞が見られるのってすっごく貴重だし……！）

祖母・小雪《こゆき》は先代の宮司だ。神社の代表は退いたものの、歴代随一と言われる実力者で、現在でもある特定の祈禱依頼を担当している。

その儀式の肝が、神具の日本刀『狼星《ろうせい》』を用いた剣舞なのだ。

「雪音。おかえり」

拝殿の前には、父・信雪《のぶゆき》が立っていた。扉は固く閉ざされているが、隙間から篳篥《ひちりき》や笙《しょう》の厳かな音が漏れ聞こえている。

「ただいまお父さん。ちょっとだけ覗いてもいい？」

「ダメに決まってるだろう」

「えーーーこっそり！　静かにしてるから！」

「そういう問題じゃない」

「ここで見聞きしたものはすべて秘密にします。参拝される方の個人情報は、決して持ち出しません」

「駄目なものは駄目だ」

食い下がってみるものの、父には取り付く島がない。雪音とて大切な祈禱の儀式を邪魔したいわけではない。がっくりと肩を落としつつ、素直に「分かりました」と諦《あきら》めれば、父から優しく肩を叩《たた》かれた。

「高校生になったらな」

「……そうだね」

「おばあちゃんからもそう頼まれてるから。雪音が高校生になったら、大切なことはすべて順々に伝えてくれるってさ」

折に触れて、雪音はこう言われている。高校生になったら。

――身も心も、大人になる準備ができたらね。

雪音にはよく分からない。大人になる準備。高校生になったら、自分の心身がそんなに劇的に変わるのだろうか。

（今は受験勉強に集中しなさいって意味かもしれないな……）

納得のいく条件ではあった。いざ神職になるとしたら、神社本庁《じんじゃほんちょう》の規定に則《のっと》って階位を取得する必要がある。系統の大学を卒業するか、養成所か検定講習か。いずれの道でも、高卒程度の学力は欠かせないと言われている。

（いつか私も、狼星と一緒に舞えるのかな）

普段は厳重にしまわれている神具を思い浮かべる。

代々奉納されている、古く美しいあの打刀。鍔《つば》にあしらわれているのは、雪の結晶をかたどった、六出神社の神紋だ。普段は暗がりで息を潜めているのに、祖母が恭しく掲げると、蛍のような淡い光を放つ。

『狼星』とは、シリウスの異称だ。地球上から見える、もっとも明るい星。ぴったりの名前だと思う。

（私もいつか、あの刀で……）

——切りたい。人々を苦しめる『悪縁』のすべてを。

六出神社は、知る人ぞ知る『縁切り神社』である。

京都の安井《やすい》金比羅宮《こんぴらぐう》や橋姫《はしひめ》神社など、有名な縁切り神社は全国に多数存在する。古くから悪縁を切ることは、人々の生活と切って離せないもの。北鎌倉《きたかまくら》の東慶寺《とうけいじ》をはじめ、かつて駆け込み寺として機能していた寺院に、縁切りの霊験を求める人もいる。

一方で、六出神社の知名度は低い。境内には縁切りにまつわる碑の類《たぐい》はないし、縁切りに特化した形代や絵馬も用意されていない。ただでさえ交通に不便な山奥ということもあってか、観光を兼ねた参拝客はほとんど訪れない。

だがほんの時折、どこからか噂を聞きつけて、祈禱を申し込む人がいるのだ。

(縁切り神社、なんて物々しい呼び方だけど……)

儀式を終えた人々の、重い荷物を降ろしたあとのような表情が、雪音は好きだ。

遠路はるばる、山奥の六出神社まで足を運ぶ彼らは、皆思い詰めた顔をしている。そこから解き放つ手伝いができるのなら、それはとても、光栄な役割だと思う。


公立高校の入試本番まで、残りいくらもない平日。

受験生である雪音は、既に自由登校期間だった。午前中だけ模擬テストを受け、昼前には帰路につく。

通学バスを降りるころには、ひらひらと粉雪が舞い始めていたが、傘を差さずに歩いていた。神社が近くなると、山々の生い茂る木々がアーケードのようになって、ちょっとした雪や日差しから守ってくれる。

根雪を避け、滑らない道を器用に探す。この辺りは町中の大通りのような融雪歩道がないので、ちょっとした日陰も危険なのだ。

(受験生だし、滑ったり転んだりはしないように……)

降り積もったばかりの柔らかい雪がふわり、半分凍った硬い雪がじゃりり。スパイクのついたショートブーツが、足音を二段階に鳴らす。

「お腹空《す》いたなー……」

辺りはひどく静かだった。ただでさえ独り言は全部、雪が吸い込んでしまう。本当に口に出したのか不安になるくらいに。

「……あれ？」

四つ辻《つじ》に、人が佇《たたず》んでいる。

恐らくは男性。黒い紬《つむぎ》に羽織、足袋《たび》まで真っ黒だ。ひょろりと高い背丈と艶《つや》のある黒髪が相まって、雪上に墨を一滴垂らしたような姿である。

(見かけない人だな。この辺りの人じゃない……よね？)

通り過ぎがてら、こっそり横顔を窺《うかが》う。

伏し目がちの長いまつ毛に、粉雪が積もってキラキラ光っている。見れば肩や背も、うっすらと雪色に変わっていた。

(いつからああしてるんだろう……顔も青白いし、具合悪くなってたりして……)

親戚《しんせき》でも訪ねてきたのだろうか。交番までは距離があるし、暖を取れるような飲食店もない。

「……あの」

一度は通り過ぎかけたが、数メートルを足早に戻り、雪音はその青年の肩を叩いた。

「何か困ってますか？」

青年は何も言わなかった。身じろぎひとつしない。雪音の声などまるで聞こえていないように、明後日《あさって》の方を見つめている。

（……何かある？）

視線の先を、雪音も見やる。ちらほら民家の屋根は覗《のぞ》いているけれど、他には何もない。たわわに実った南天の木。積雪の重みでしなだれた冬の枝。積雪でたわんだ電線が、灰色の空を走っている。その先には枯れた冬山が続くばかり。

（あ、うちの方角）

ふと思い立つ。この辻道を曲がった先には、六出神社の石階段が伸びている。

冬景色は夜道のようなものだ。いつだって迷いやすい。目印が埋もれて、どこにどう進めばいいのか分からなくなることがある。

「うちのお客さんですか？」

「…………」

返事はない。だが彼の佇まいが、これまで数多《あまた》見てきた参拝客たちの、とりわけ縁切

ている。

切りたい縁。なんとしてでも捨てたいもの。そういう、見えない鎖に囚《とら》われた目をしている。

「六出神社にご用事なら、ご案内しますよ」

そこでようやく、青年がぴくりと反応した。電池が切れかけたロボットのようなぎこちない動きで、雪音に首を向け口を開く。

「あなたは……」

息が大きく混じった低い声。目覚めてすぐのようにかすれている。

「私、六出神社の者です」

「……名前は？」

「え……」

「あなたの名前を教えてください」

まごつく雪音を前に、青年は指先で宙に文字を描く。

「名前に『雪』が入るかどうか、教えてください」

そう聞いて雪音は納得した。やっぱり六出神社の客だ。縁切り術の跡継ぎは、名前に雪の字を冠する習わしがあるのだと知っているのだから。

「入ります、入ります。私、雪音って名前です」

「……あなたは宮司ですか？」

「いえ、宮司は父です。父のお客様でしたか」

「はいまあ、その手のものです」

それは困った。両親は朝から遠方の親戚を訪ねて不在にしているはずだ。今夜は祖母と雪音、そして今も学校で授業を受けている弟の柊悟《しゅうご》だけしかいない。

「すみません、父は留守で。祖母が宮司代理をしていますが」

「構いませんよ」

青年は雪音を見下ろし、ややあって浅く頷《うなず》いた。

「……ああ、なるほど。強い神力の匂いがしますね」

「神力？　匂い？」

「あなたが継承者ですか。会えてよかったです。案内を頼めますか？」

独特の間合いで話す、無表情気味の美青年。

珍しい存在ではあるが、客人である以上はきちんと扱わなければと思った。

「随分長く迷わせてしまったんですね」

ポケットからハンカチを取り出し、青年に差し出すが、意図が伝わらないらしく首を傾げている。

「ちょっとだけ、しゃがんでもらえますか？」

素直に屈《かが》んでくれたので、手を伸ばして頭や肩の雪を払う。近づくと肌の青白さがいよいよ明らかで心配になった。

「寒かったですよねー……これどうぞ」

自分のマフラーを外して巻きつけると、青年の表情がほんの僅《わず》かにほころんだように見えた。

「……あたたかい」

「よかった」

ふと、ほのかな花の香りが漂う。

（いい匂い。香水かな？）

主張の強すぎない、春先の気配がする。マフラーは渡してしまったが、心に温かいものが灯《とも》った気がして、雪音はにっこりと笑った。

「さっ、行きましょう！　神社に着いたら、もっと暖かいですからね！」

先導して歩きながら、何度か後ろを振り返る。青年はじっと雪音の背を見て歩いているらしく、そのたびバチッと目が合って、不思議な沈黙が流れるのだった。

「お兄さんは、どこから来たんですか？」

「…………」

「お昼時ですけど、お腹減ってませんか？」

「…………」

「私はもうお腹ぺこぺこで。途中でお腹の音がしても聞き流してください」

一方通行に喋《しゃべ》り続ける。青年は言葉を返さない。足音や呼吸の音も、雪に溶けてしまったようだ。雪音はただ、彼の気配だけを感じながら歩いた。

「足元に気をつけてください。滑りやすいので……わ、きゃっ」

言いながら転びそうになったが、抱き留められて助かった。

「あ、ありがとうございます」

「気をつけましょう。滑りやすいんですよね？」

「あはは、はい」

青年は背後から雪音の背を押し、きちんと立たせてくれた。

「そう言えばお兄さん、お名前は？」

「……はい？」

「私の名前ばかりで、うかがってなかったなと思って」

「…………」

返事がない。聞こえなかったのだろうか。石段を数段登っていたが、一度足を止めて振り向く。

そして、「はて」と首を傾げた。ここまで雛鳥《ひなどり》のように後ろを着いてきた青年が、足を止めている。続いて石段を登ろうとせず、鳥居を見上げじっと佇んでいる。

「どうかしましたか？」

「……ここから神社の敷地ですから」

青年は足元を指差し、続けて頭上を指差し、雪音と視線を合わせた。

確かにそうだ。上には木々の間にしめ縄が張られ、道切りがされている。神域を示し、魔を防ぐ役割も果たすものだ。足元の道祖神《どうそじん》の石碑も、魔を追い払うためにある。

「気にしなくて大丈夫ですよ。地元の人も、みんな気軽に入ります」

「そうですか」

「はい」

「おれも？」

摑《つか》みどころのない、ふわふわとした会話が続く。

小首を傾げる雪音に見下ろされながら、青年はぼんやりと視線を彷徨《さまよ》わせた。

そして、はたと動きを止める。彼もまた小首を傾げ、足元を指差し、尋ねた。

「入ってもいいですか？」

礼儀正しい。信心深い。だから許可を求めるのかと、そう思った。それ以外に、雪音は何ひとつ思い当たらなかった。

「どうぞ、お入りください！」

雪音は何の衒《てら》いもなく、躊躇《ためら》うこともなくそう言って、青年に手を差し伸べた。

「……どうも」

一拍の間を置いて、彼はゆっくり一歩ずつ、踏みしめるように石段を登り始める。

雪音もほっと一息ついて、進行方向に向き直る。雪の積もっていない部分を選び、先ほどのように滑ることがないように、一歩ずつ一歩ずつ踏みしめて——

（あれ？）

　ふいに正体不明の違和感が、胸をかすめた。

（……ん？）

　気のせいか。それが違和感だとすら、初めは気づかなかった。

（いや、なんか……なんか、変？）

　喉《のど》に小さな飴《あめ》の欠片《かけら》が詰まったような、どうせすぐに溶け消えるのではないかと、触感が脳への伝達を保留していたような、そんなおかしな感覚があった。

（やっぱり、何か変だな）

　胸がざわざわしている。それでも歩調を変えず、石段を一歩ずつ登り続けた。

　背後の青年は、相変わらず何も言わない。足音もしない。

　脳の芯《しん》に、ひやりと冷たいものが宿る。

（どうして？）

　どんなに静かに歩いたって、雪を踏みしめる音くらいするだろう。この急な石段を登れば、多少呼吸だって荒くなるはずだ。

　進めば進むほど、言いようのない違和感が湧き上がる。どうして、何故。言語化できない疑念が、頭の中で膨れ上がる。思わず襟元をぎゅっと握った。

「雪音」

「はっ、はい！　覚えてくれたんですね」

「覚えてしまいました」

二人そろって、石段を登りきる。改めて彼の隣に立つ。

「気安く真名を名乗るものではありません。急所を晒《さら》すも同然ですよ」

「急所……？」

脈絡のない会話。全身から漂う、得体の知れない威圧感。先ほど雪道で出会ったときとは、やはり何かが違う。

「そんなことも教えてもらえないあなたを、気の毒に思います。宝の持ち腐れでしたね」

褒められているのか貶《けな》されているのか分からず、ただ困惑した。

「惜しいな。おれの手元にあればなぁ……」

青年の手が伸び、雪音の頬に触れる。決して溶けることのない、凍土のような温度。

「あなたを殺すのは、最後にしましょう」

鋭い言葉に反応する間もなく、青年が雪音の目元を、大きな手で覆い隠す。戸惑うより先に、全身の力が抜けて、雪音はその場に倒れ込んでしまった。

（え……？）

意識はあるのに、体が動かない。指先ひとつ。氷漬けになったように。

青年が深く呼吸をする。何かに命令するように、周囲をじろりと睨《ね》めつける。

間髪を容《い》れず、低い地鳴りが響き始めた。木々が揺れ、積もった雪がどさどさ落下する。石造りの灯籠《とうろう》がぐらつき、いくつかが音を立てて割れた。

「雪音!?」

悲鳴のような呼び声が響き、背筋がぞっと粟立《あわだ》った。

（おばあちゃん！）

祖母が本殿の方から走って来る。来ちゃダメだ。反射的にそう思うが、未《いま》だ体には力が入らず、叫ぼうにも声が出ない。

倒れた雪音、見下ろす一人の怪しい男。いち早く状況を把握した祖母は、青ざめた顔に怒りの炎を灯す。

祖母はその手に、玲瓏《れいろう》な光を携えている。刀だ。六出神社の神具、狼星。比喩《ひゆ》ではなく、刀身が青白く発光している。

（まさか…………）

祖母は鞘《さや》を捨て置き、狼星を構える。その表情に迷いはない。

（だめ）

無理だ。信じがたい光景を前に、雪音はただただ直感する。

（おばあちゃん、逃げて！）

焦燥と動揺。祖母は縁切りの名手で、もしかすると狼星を手にすれば不思議な力で戦えてしまうのかもしれない。それでも狼星の光より青年の闇の方が、誰かを壊すのにうってつけだ。それだけは本能的に分かった。

（危ないよ！　逃げて！）

そう叫びたかったが、喉まで痺《しび》れて声も出せない。

――そこから見たものを、雪音は一生、忘れることはない。

青年の指先が揺れ、山が轟《とどろ》く。

狛狼《こまおおかみ》像が砕ける。手水舎《ちょうずや》が崩落する。御神木が折れる。

青年の視線が、境内を這《は》う。

空気が根こそぎ奪われたように、息苦しくなった。

一方的だった。青年の合図ひとつで、透明な獣が暴れ回っているよう。

六出神社が蹂躙《じゅうりん》されていく。

「おばあちゃん」

青年の乱暴な腕が、祖母の頭を摑《つか》む。みしりと、ひび割れ砕ける音がした。

祖母はくぐもった短い悲鳴を上げ、動かなくなった。雪上に真っ赤な血が散る。脱力した体は、無造作に投げ出され瓦礫《がれき》にぶつけられ、おかしな形に曲がってしまった。

「おばあちゃん……」

雪音の視界が、涙でぼやける。ずるずると体を這わせて、祖母の側に近づこうとしたが、青年に立ち塞《ふさ》がれ阻まれた。

「雪音。あなたのおかげです」

「私の……？」

「はい、助かりましたよ。六出の神域に、雪音がおれを招いてくれたおかげです」

途端、あのときの脳内に呼び起こされる。

――入ってもいいですか？

――どうぞ、お入りください！

しめ縄の道切り。道祖神の石碑。悪しきものは立ち入れないはずの、あの六出神社の入り口で、雪音は確かにそう返した。

あれが許可だったのだ。合図。雪音が彼を、神社の中に、招き入れたことになる。

「……私、が……」

声が震える。絶望で頭が真っ白になる。

「ありがとうございました」

嘘偽りのない言葉が向けられる。青年は酷《ひど》く優しい手つきで、雪音の頭を撫《な》でる。瑞々《みずみず》しく甘い花の香りが、残酷に辺りを満たしている。

「不在の家族は、後日別の者が始末すると思います。あなた方以外は、大した力もなさそうですけど」

「やっ、やめて！　家族をこれ以上、傷つけないで！」

「それはおれに祈っても無駄ですよ」

雪音の首を、青年の片手が掴《つか》む。息が詰まった。だが力の差が歴然で、もがくことさえ出来ない。

（……死ぬんだ）

寒い。苦しい。指がかじかんで痛い。皮膚を北風が擦《こす》る。

（私のせいで、みんな、死ぬんだ）

怖い。辛《つら》い。死んでほしくない。死にたくない。

「だれか……」

どうしたらいい？

「誰か助けて……」

——誰かが応《こた》えてくれた気がした。

鋭い一閃《いっせん》が宙を走る。雪音の首を掴む禍々《まがまが》しい手を、光の矢が貫く。

そして突風。粉雪が舞い上がって、辺りを真っ白に染める。激しいのに、不思議と優しい風だった。

「え……」

雪音は思わず目を瞑《つぶ》る。その瞬間、全身がふわりと宙に浮いた。

「生きてるか？」

反射的に縮こまるが、衝撃のひとつもなく、そのまま優しく、誰かの腕に抱き留められる。

「げほっ、げほ」

「ゆっくり、深く息を吸って」

「げほ、っう、はぁ……っ」

優しい手付きで、背中を擦《さす》られる。何度か咳き込《せ》みながらも、乱れた呼吸が収まっていく。

「よし。生きてる」

半ば独り言のようだ。その飾り気のない言い方に、無性に安心してしまう。

(誰……?)

ようやく目を開き、介抱してくれている相手を見やることができた。

見覚えのない、雪音と同じ年頃の青年。大きく形の良い吊《つ》り目に、通った鼻梁《びりょう》。紋付羽織と袴姿《はかますがた》ということもあり、どこか高貴な印象がある。

端整な顔を歪《ゆが》め、彼は項垂《うなだ》れた。

「……間に合わなかったな。ごめん」

謝られる筋合いはない。雪音は咄嗟《とっさ》に首を振った。

(私なのに。取り返しがつかないことをしたのは、私で……)

崩壊した境内。祖母の遺体が転がっている。涙が溢《あふ》れ、何も見えなくなる。

「もう大丈夫だ」

雪音の涙を拭《ぬぐ》いながら、彼は言った。

「何も心配しなくていい。あとは全部、俺に任せて」

この場に不釣り合いなほど、優しくて穏やかな声。

だがその温かな言葉と同時に、鼓膜をつんざくような、激しい破裂音が鳴った。

「きゃ……！」

衝撃はない。彼が再び雪音を抱き寄せ、片手を掲げる。離れた場所から攻撃され、それを片手で防いだような。

「さすがにしぶといな……」

胸板に顔を押し付けられているせいで、雪音には何も見えない。それでも今しがたの攻撃が、あの謎の青年によるものだというのは明らかだ。

「あ、あの」

「もう立てる？」

押さえられていた後頭部が解放された。柑橘《かんきつ》のような清々《すがすが》しい香りを感じながら、雪音の両足は地を踏みしめている。

「綿本雪音だね」

「は、はい」

「俺は御景藤矢《みかげとうや》。色々混乱しているだろう。あれを片付けたら、俺の知っていることをすべて説明するから」

藤矢が拝殿を見やり、雪音もそれに倣う。あの青年が佇《たたず》んでいた。肘《ひじ》から手のひらにかけて、赤黒い血でしとどに濡《ぬ》れている。

（この人がやったの……？）

信じ難い気持ちで、二人を交互に見る。藤矢は武器の類《たぐい》を持っているようには見えない。祖母でさえ大したダメージを与えることができなかった相手に、一体どんな手を使ったというのだろう――

「……っ、待ってください！」

「うん？」

「血、血が……！」

そのまま立ち向かおうとする藤矢の袖《そで》を、慌てて引き止める。

藤矢は腕から出血していた。頬にも一筋の血が流れており、どうやら額を切っているらしかった。はたはたと、白い積雪に鮮血が落ちる。

「さっき、私をかばったときに……！」

「ああ」

青ざめる雪音を前に、藤矢は平然としている。袖口《そでぐち》で強引に頬の血を拭い、腕の方はひらひらと揺らして見せる。

「なんてことない」

「そんなはずないじゃないですか……！」

雪音は袖口から手を放すことなく、むしろ力を入れた。僅《わず》かに目を瞠《みは》った藤矢が、首だけで振り返る。

「手当てを……っ、すぐ手当てをしましょう。血が出て、痛い、危ないです」

気が動転している自覚はあった。それでも、倒れ動かなくなった祖母の姿が、目に焼き付いて離れない。彼をこのまま送り出せば、同じ目に遭うようで恐ろしい。

雪音の震える指先を、藤矢がそっと包み込む。

「……終わったら頼むよ」

「あ」

こわばった指先の力が抜ける。自然と指先を離せた。

危機的な状況は変わらず、不安な気持ちは消えないが、心の棘《とげ》を一本だけ抜いてもらえたような気持ちになる。

一方の青年は、気だるげに頭をがりがり掻《か》いているだけだ。傷口を抑えようともしていない。

「あーあ……御景がここで出しゃばるとは……面倒なことになりました……」

「【早梅《はやうめ》】！」

だが藤矢にそう叫び呼ばれ、青年がぴくりと肩を揺らした。捉《とら》えどころのない瞳《ひとみ》に、一筋の冷たい光が宿る。

「……勝手に呼ばないでくださいよ」

「名と認識しているなら幸いだ。禍津神《まがつかみ》のお前にも、隷従の術が効くだろうな」

青年の——早梅の眉間《みけん》に皺《しわ》が寄る。見えない鎖に縛り付けられたように、ぎこちなく体を揺らし、藤矢をぎろりと睨《にら》みつけた。

（早梅……あの人の名前？　禍津神って……神様なの……？）

藤矢が何かしらの策を講じている。それでも神を押さえつけるには足りないらしい。

「──やれ」

藤矢の声を合図に、突如拝殿の屋根から人影が飛び降りてきて、そのまま早梅に襲い掛かった。

長い三つ編みの青年だった。両手に棍棒《こんぼう》を構えており、野生の獣のようなしなやかな動きで、あっという間に早梅を境内の灯籠《とうろう》に押し付けてしまう。

「藤矢くん、どうする⁉」

青年が叫ぶ。背が高く、肩幅が広い。金糸で昇り龍《りゅう》が刺繍《ししゅう》された濃紺のスカジャンを羽織っており、雪音たちよりいくらか年上に見えた。

「捕縛しろ」

「いやいや無茶言わないでよ！　今にも腕食いちぎられそうなんだけど！」

「分かった、拷問する。そのまま押さえておけよ、燕《つばめ》」

燕。そう呼ばれた青年が苦しげに喚《わめ》く。

「早くして！　しんどくて死にそう！」

「もう誰も死なせないよ」

藤矢はおもむろに二人に近づいて、一本の扇子を取り出す。手早く広げて、早梅の目元を覆った。

(あ、また)

微《かす》かな風が吹く。藤矢の髪や、軽い雪の欠片《かけら》が、音もなく舞い上がる。

超能力や魔法のような、見知らぬ現象が次々に巻き起こる。雪音は理解が追い付かない。それでも、目だけはしっかり見開いておいた。

「【どこから来た?】」

「………」

沈黙が続く。早梅は沈黙したまま、灯籠に爪を食い込ませる。石造りの灯籠はみしみしと音を立てひびが入っていく。圧倒的な力と、抵抗だった。

しかしほどなくして、その頑《かたく》なな口がぱかっと開いた。人体にはありえない、顎《がく》関節が外れたような角度。くるみ割り人形のように、がくがくした動作で言葉を紡ぐ。

「……■■」

彼が何を言っているのか、雪音には分からない。

「【御景家を呪っているのはお前か?】」

「■■」

「【誰の指示で】」

「■■■、御■神■の■■■■」

「【仲間は何人いる】」

「■■」

声が不気味に響く。ほとんどが聞き取れなかった。音量の問題ではない。外国語のような、鳥の囀《さえず》りのような、意味のひとつも知らない言語なのだ。

「【次はどこを狙う】」

「■■■」

「【殺せなかったらどうするつもりだ】」

「■■■■■■■」

藤矢は苦々しい表情を浮かべている。どうやら早梅を無理やり喋《しゃべ》らせるのには、相当の苦痛が伴うらしい。

その上、思うような回答は得られていないようだ。早梅の紡ぐ言葉は、藤矢たちにとっても得体が知れないものらしく、似たような質問を、言い回しを変えて繰り返したりもする。

やがて冷や汗を垂らした燕が「そろそろヤバい」と呻《うめ》いたのを合図に、藤矢は扇子を閉じた。早梅は長い四肢をだらりと脱力させ、その場に倒れ込む。

(……強い人たちだ)

雪音は直感した。面識も見覚えもないが、彼らは早梅と戦える「強さ」を持っている。

(この人たちは、あの神様を……早梅をどうするつもりなの?)

殺すのか。殺せるのだろうか。

神様を、神職者が殺す。何のために？　六出神社を踏み荒らし、雪音の祖母を殺したから？　では早梅は、何のためにそんなことをした？

（私は彼を、どうしてほしい？）

弱りきった今なら、自分でも手を下せるのだろうか。

「っ、おい！　近づくな！」

藤矢の叫びが、雪音の体を素通りしていく。

「ねえ」

ほとんど無意識のうちに、早梅の側にしゃがみ、その顔を覗《のぞ》き込んでいた。

「返してよ」

早梅がうっそりと瞼《まぶた》を開く。胡乱《うろん》な瞳に、雪音の姿が鏡写しになる。

「おばあちゃんを返して」

「…………」

「戻して。全部、今すぐ。元通りに」

「……はは」

乾いた笑い声が響いた。早梅がすうっと目を細め、雪音に手を伸ばそうとする。

「こういうのが、おれも欲しいな……」

腕は上がったが、手首はいよいよおかしな方向に折れ曲がっており、頬に触れる前に崩れ落ちた。拙《つたな》い雪だるまが倒れるように、どさりと。

「彼女に触るな」

低い唸《うな》りを上げ、突風が吹く。藤矢が扇子を構えている。

「……たかが神職風情が」

早梅はそう吐き捨て、姿を消した。どんな手を使ったのか、一瞬のうちに鳥居の上に移動して、今は雪音たちを見下ろしている。

「逃げられるね。藤矢くん、どうする？」

「追うなよ。勝ち目は薄い」

そうは言いながらも、藤矢も燕も武器から手を離さない。早梅から漂う邪悪の気配は、全身が多少傷つこうとも、まるで消えていないからだろう。

「雪音」

不吉な声が、雪音を呼ぶ。

「おれは疲れました。しばらく眠ります」

「…………」

「だから、大人しく待っていてください」

「待つ……？」

「おれがあなたを迎えにくるのを」

巻きっぱなしのマフラーを指差し、早梅は微笑んだ。次の約束をする、友達同士のような仕草で。

「その日まで、これは借りておきますね」

そうして次の瞬間には、今度こそ本当に姿を消した。

「早梅……」

嚙《か》み締めるように名前を呼ぶ。舌の根に、どんな毒より苦い味が広がっていく。

「……っ、おい！　雪音！」

同時に全身の力が抜けて、雪音は意識を失った。


雪音が次に目を覚ましたとき、初めに自室の天井が見えた。続いてカーテン。ベッド。パジャマ。いつも通りの見慣れた景色に、一瞬だけ「悪い夢だったのかもしれない」と思った。

ヒーターの温風。加湿器の稼働音。壁時計は七時を示しているが、夜なのか朝なのかも分からなかった。

「……え？」

慌てて飛び起きると、頭がくらくらした。体が火照っており、どうやら発熱しているらしいと気づく。

だがそのままベッドに戻ることは出来なかった。慌てて窓を開け、身を乗り出す。こうすれば六出神社の境内が見えるはずなのだ。

「……っ、夢じゃ、ない……」

時刻は夜。暗闇の中に、ぼろぼろの境内が見える。参道の石畳は割れ、狛狼《こまおおかみ》像の姿はない。寒椿の生垣は潰《つぶ》れており、境内のあちこちにブルーシートがかけられている。

凍える夜風に吹かれながら、雪音はその場にへたり込んだ。意識を失う直前までの光景が、頭の中を凄《すさ》まじい勢いで駆け巡っていく。

そこに控え目なノック音が響いた。雪音の返事を待たずに入ってきたのは、弟の柊悟だった。

「姉ちゃん、起きたの⁉」

柊悟は冷却シートやペットボトルの載ったトレーを放り出し、雪音に駆け寄ってくる。

現在中学一年生の柊悟は、既に雪音より背が高い。さっと雪音の体を支え、ベッドに腰を下ろさせてくれた。

「よかった、意識が戻って……三日も目ぇ覚まさなくて……ずっと熱があって……よか、よかった……」

「柊悟……」

安心して涙ぐんでいる弟を前に、本当なら言うべきことはたくさんある。看病してくれてありがとう。心配かけてごめんね。

だが聞きたいこともたくさんあり過ぎて、頭の中で言葉が洪水を起こしている。

三日？　あのおぞましい出来事から、既に三日が経過している？

「その格好って、お葬式……？」

声も唇も震えてしまった。柊悟は喪服を纏《まと》っている。供花特有の残り香もする。この時期、このタイミング。ならば故人は、

「おばあちゃんの……？」

柊悟の瞳《ひとみ》が揺れた。目尻《めじり》にぐっと力を入れ、唇を小さく噛む。泣くまいと堪《こら》えるときの、弟の癖だ。

「……さっき、火葬場から、帰ってきた」

「……っ」

雪音はいても立ってもいられなくなり、パジャマ姿のまま部屋を飛び出そうとする。

「ダメだ、姉ちゃん！」

慌てた柊悟が、腕を引いて引き留めてこなければ、そのまま自宅内の祭壇を目指すつもりだった。

「姉ちゃん！　部屋にいてよ、安静にしてて！」

「大丈夫だから！　おばあちゃんに会わせて……っ」

「会わせられない！」

柊悟の語調が強くなる。先ほど堪えたはずの涙が、静かに流れ落ちていた。

「姉ちゃんはばあちゃんに、会わせられないんだ……」

「ど、うして……」

柊悟はもう何も言えないらしい。雪音の腕を摑《つか》んだまま、目を伏せて項垂《うなだ》れてしまう。

「そんなの、雪音が一番分かってるだろ？」

気づけば部屋の入り口に、喪服姿の父が立っていた。電灯の消えた薄暗い廊下から、虚《うつ》ろな表情で雪音を見下ろしている。

「部屋で大人しくしていなさい」

「お父さん……でも、私……」

「事情はすべて聞いたよ」

雪音は体をびくりとさせ、食い下がるのを止めた。

(私には……おばあちゃんに会う資格がないんだ)

押し黙った雪音に、父は静かに背を向ける。

「休みなさい。まだ熱も下がっていないんだ」

「……はい」

視線を落とし、膝《ひざ》の上で拳《こぶし》を握る。目の前がくらくらした。声を上げて泣きたかったけれど、その資格もないのだと、どうにか堪えた。

「姉ちゃん、行こ」

「……ねえ、柊悟。あの人たちはどうなったの？」

「え、誰？」

「私を助けてくれた人たち。藤矢さんと、燕さん」

柊悟は訝《いぶか》しげに首を傾げる。本当に誰だか分からないという顔だった。

「雪音」

父は雪音を振り返ることなく言った。

「あの人たちのことは忘れるように。二度とその名前を口にするな」


それからおよそ半月。雪音の生活は一変してしまった。

家からはほとんど出ていない。ほとんどを自室に閉じこもって過ごした。

柊悟が甲斐甲斐《かいがい》しく看病してくれて、熱はすぐに下がった。雪音の体調が回復するに従い、柊悟はぽつりぽつりと、六出神社の現状を説明してくれるようになった。

神道では、死を穢《けが》れと考えるため、葬儀は神社ではなく自宅や斎場で執り行う。祖母の葬儀は町はずれの斎場で行われ、大勢の参列者が訪れた。氏子たちからの献花は、葬儀場から溢《あふ》れるほどだったそうだ。

祖母の死因は急病、ということになっている。だが急逝と同時に六出神社が封鎖されたこともあり、あれこれ噂が出回って、訝《いぶか》しむ人が多いという。

（月次祭も突然中止になっちゃったし、みんなが不安になるのは仕方ない……）

そしてあの日以来、両親との関係も変わってしまった。

初めに折れたのは母だった。雪音の顔を見るだけで、酷《ひど》く恐ろしいものと遭遇したように全身を強張《こわば》らせ、ぶるぶる震えて蹲《うずくま》ってしまう。

次いで父も雪音を避けるようになった。雪音の足音に聞き耳を立て、遭遇しないように身を隠す。

その上父は、雪音が家から出ることを禁じ、登校を禁じ、スマホを没収して連絡も禁じた。

「六出神社の惨状を、外部に知られるわけにはいかない……」

時折父は、何かに取り憑かれたように呟《つぶや》いていた。

変わらず接してくれるのは弟だけだった。彼との他愛ない会話が、雪音にとっての何よりの癒《いや》しだった。

だが柊悟にとって、現状は決して良いものではない。彼を取り巻く家庭環境は最悪なのだ。

「柊悟！　アレの部屋に入り浸るのは辞めろ！」

「アレってなんだよ！　姉ちゃんだよ！　あんたらの娘！」

「やめて！　アレは呪われているの！　禍津神《まがつかみ》に見初められたのよ！」

こんな言い争いがたびたび聞こえてくるようになった。雪音を遠ざける両親と、それに不満を呈する柊悟の関係が悪化しているのだ。

ある新月の夜のこと。

階下から激しい口論が聞こえてきて、雪音は肩を震わせた。

(柊悟とお父さん……最近よくあるけど……)

雪音が間に入れば両親を強制的に止めることは出来るものの、彼らの振る舞いが柊悟には火に油となる。

(……長いな。それに、いつもより激しい)

言い争う声のボリュームが、一際大きいのだ。雪音の部屋からでは、耳を澄ませても詳細は聞き取れないけれど。

(お母さんの声もするから……どうしよう、止まらないかも……)

このところの母は危うい。父と弟がケンカをして母が金切り声を上げ、諍《いさか》いが強制的に断ち切られることもある。

(……っ、今、何か壊れるような音がした！)

とうとう我慢出来なくなって、雪音は部屋を飛び出した。転がるように階段を下り、音がした居間の引き戸を開ける。

「～っ、柊悟！　お父さん！」

父と弟が取っ組みあっている。母は青ざめて壁際にへたり込んでおり、その足元には割れた花瓶。先ほどの破壊音はこれだろう。

「やめて、やめてよ……！」

父と弟に割って入ろうとするが、上背のある男二人だ。雪音が腕だの肩だのを引っぱったところで、両者共にぴくりともしない。

「お前は出ていけ！　誰のせいだと思ってるんだ！」

父から鋭い怒号をぶつけられ、思わず怯《ひる》む。しかし身を引くわけにはいかなかった。

「と、とにかく手を……」

「姉ちゃんのせいにしてんじゃねーよビビリ野郎！」

柊悟が負けじと言いかえし、父の胸元を摑み上げる。弟は身長が高いだけではなく、運動部で鍛えているため力も強い。父は「うっ」と苦しげな声を上げた。

「柊悟、ダメ！　放して！」

「いいんだよ、先に手ぇ出してきたのコイツだから！」

柊悟は頭に血が昇っているらしく、雪音の方を見ようともしない。だがその頰が赤く腫《は》れ上がっているのを目にして、雪音はぎょっとしてしまった。

「怪我の、怪我の手当てをしよう？　お姉ちゃんが話聞くから、ね」

「話!?　なんの!?」

そうして柊悟は、やっと雪音の方を見た。その瞳は憎しみに満ちている。

「俺のことなだめてどうすんだよ！　姉ちゃん悔しくねーの!?」

父から手を放し、そのまま雪音の両肩を強く摑み揺さぶった。

（痛い……ダメだ、柊悟も全然冷静じゃない）

母をちらりと見やるが、彼女はこちらを見てもいない。花瓶の破片の前で涙をぼろぼろ流しながら、「禍津神のせいよ」「禍津神が入って来たから」「逃げなきゃ」「逃げなきゃ」とぶつぶつひとりごちていて、こちらはこちらで早く手を貸さなくてはならない。

「柊悟、落ち着いて」

「娘一人に責任押し付けて虐待してんだぞ⁉」

「虐待なんて、そんな」

「虐待だよ！　軟禁！　ネグレクト！　通報してやろうか、ああ⁉」

どうしよう。どうすればいいのだろう。悔しげに雪音を揺さぶってくる弟。放心する母。そして、

「子どもに何が分かる！」

激昂《げきこう》した父が、柊悟に向かって腕を振り上げた。

「〜っ、やめて！」

咄嗟《とっさ》に柊悟を庇《かば》って、父の腕にしがみついた。その途端、父はさあっと青ざめ、

「触るなあッ」

凄《すさ》まじい勢いで、雪音を突き飛ばした。

「う……っ」

雪音の体が茶簞笥《ちゃだんす》にぶつかった。はめ込まれたガラス扉が、派手な音を立てて割れた。

頬に鋭い痛みが走り、破片で切れたのだと分かる。

「姉ちゃん！」

ハッと我に返った柊悟が駆け寄って来ようとするのを、雪音は必死で止めた。割れたガラスがあちこちに飛び散っているのだ。

「ダメ！　危ないから……！」

「でも、血が」

「大丈夫、ちょっとだし」

「バカ！　全然ちょっとじゃねえよ！」

柊悟に指摘されたのと、額にぬるりとした感触があったのはほぼ同時だった。やや遅れて、頭に鈍痛がくる。

額を茶簞笥の取っ手にぶつけていたのだ。金属の装飾部分。

（あ、ちょっとまずいかも……）

皮膚がぱっくり裂けている。片手で患部を押さえても、血が止まらない。そのまま父の車に乗り、夜間の救急外来へ向かった。

額を二針縫い終えたころには、日付が変わろうとしていた。

「お父さんがお迎えに来られるそうですので、受付前でお待ちください」

薄暗い待合室の椅子に腰を下ろし、雪音は外を見やる。ロビーはガラス張りで、鏡のように自分の姿を映し出していた。

(頭に包帯、頬にガーゼ、服はジャージ……なんだか体育祭みたいだな)

無理やり楽しそうなことを考えてみるけれど、くすりとも笑えなかった。

(……もう、限界かもしれない)

父はほんの数時間の処置の間も、付き添ってはくれなかった。雪音との接触を、とにかく避けたい一心なのだろう。

母は自宅にいる。一人にしておける状態ではないと、柊悟が嫌々付き添っている。父に殴られ、赤く腫れ上がった頬を自分で手当てしながら。

(全部、私のせいだ)

早梅。あの得体の知れない人物を、不用意に招き入れてしまったから。何の力にもなれなかったから。

あの日からずっと、後悔ばかりがこみ上げる。

(私がこの家にいたら、もっと色々なものが、駄目になってしまうんじゃないかな)

雪音は六出神社の跡取りだった。高校生になったら祖母について修行をして、縁切りの術を覚えて、先祖代々の伝統を受け継いでいくつもりだった。

だがもう、そんなのは叶《かな》わない夢物語なのではないか。これ以上泥沼に沈まないために、家族を守るために、自分がどうしたらいいのか分からない。

　気づけば俯《うつむ》いていた。月のない夜。表に積もった雪が、ぼんやりと足元を照らしている。

「ずいぶんやつれたな」

　ふと、雪明かりが遮られた。どこかで聞いたことがある声が、雪音の頭上から降ってくる。

「久しぶり」

　ゆっくりと顔を上げると、あの日雪音を助けてくれた青年が立っていた。

　今度は着物ではなく、詰襟の制服をきっちり着込んでいる。

「……御景藤矢、さん」

　思わず名前を呼んでしまったが、雪音はハッとして口元を覆う。

「どうかした？」

「……父に、あなたのことは忘れるようにと」

「何故？」

「……分かりません」

「分からないのに従うのか？」

「分からないですけど……納得しているので」

　雪音の答えに、藤矢は顔を顰《しか》める。雪音は思わず頭を下げた。

「ごめんなさい」

「どうして謝った」

「……本当はもっと早く、命を救っていただいたお礼を伝えなくちゃいけなかったのに」

「そんなものはどうだっていい」

藤矢は強く言いながら膝《ひざ》を折った。そのまま雪音の前に跪《ひざまず》き、顔を覗《のぞ》き込んでくる。

「父親に突き飛ばされたらしいな」

喉《のど》がひゅっと鳴った。つい取り乱してしまう。万が一にも、父を悪人にするわけにはいかなかった。

「ちっ、違います、私が勝手に転んで……！」

「医師にはそう説明するはずだと、ここに来る前に、弟君から聞いたが」

「……柊悟、に……？」

藤矢は雪音を訪ねて、まず六出神社に向かったという。既に雪音は負傷して病院に向かっていたため、藤矢は処置が終わるのを待っていたらしい。

「今日は新月だ。本来であれば、六出神社は月次祭の日だろう」

「あ……はい。よくご存知ですね」

「本来であれば、俺も参詣《さんけい》する予定だったから……いや、この話は後だな」

藤矢が話題を切り上げて、雪音の額に手を伸ばす。指先は包帯の表面に、触れるか触れないかというところで止まった。

「痛みは？」

「……ありません。麻酔が効いていて」

「そうか。痛かったか？」

「え……」

「傷を負ったとき。痛かったか？」

どうしてそんなことを聞かれるのか、雪音はよく分からなかった。戸惑いながらも、数時間前のことを思い出してみる。

「……大したことはなかったです」

「本当に？」

「はい。本当に……全然」

「そうか。こちらは？」

藤矢の手のひらが、そのまま頬を包み込む。ガラスの破片で切った傷のことを聞いているのだろう。

「こっちもです。ほんと、浅い傷なんです」

「大抵の親は、自分の子どもにどんな傷もつけないものだよ」

「……わざとではないので」

「では謝罪は受けたか？」

「…………」

「……悪い。尋問をするつもりはなかった」

藤矢が目を伏せる。長い睫毛《まつげ》が、陶器のような肌に影を落としていた。

（綺麗《きれい》な人……それに神様と戦えるような、不思議で強い力も持ってる……）

暗い病院で、藤矢はやけに眩《まぶ》しく見えた。新月の夜なのに、ここにだけ月が昇っているようだとさえ思う。

「雪音。今、ひどく困っているだろう」

「……はい」

「俺は君に、いくつかの解決策を提示してやれる。だがそれを受け入れるかどうかは君次第だ。君が決めていい」

藤矢の手が、頬から離れる。そうして今度は、雪音の両手を強く握った。

「ただし、これだけは忘れないでほしい」

湖面のように澄んだ藤矢の瞳《ひとみ》に、吸い込まれそうな気分になる。

「君は悪くない。君には一切の責任がない。たとえ原因や起因が思い当たったとしても、それは責任と同義ではないから、どうか、罪悪感で潰《つぶ》されないでくれ」

「……！」

息が止まるかと思った。胸が苦しくなった。

甘い言葉だった。縋《すが》り付きたくなるほど甘い言葉。

自分で自分を、浅ましいなと思う。

自分のせいなのに、それでも、君のせいではないと言われれば心が軽くなってしまう。謝罪を受け入れてもらえたような、罪が軽くなったような勘違いをしてしまう。

「……私のせいです」

「雪音」

「でも、だから、私がどうにかしなくちゃいけなくて」

「…………」

「でももうずっと、どうしたらいいか分からないんです」

藤矢のおかげで、一瞬だけ心が軽くなった。ずっと俯いていた顔を、どうにか上げられるくらいには。

解決策がほしい。どんなものでもいい。傷ついた家族を守る方法が、大切な神社を立て直す方法が知りたい。

「私に出来ることなら、何だってします」

「……本当に？」

「はい。だから力を貸してくれませんか……」

声は震えていた。それを少しでも誤魔化したくて、藤矢の手を強く握り返す。

そんな雪音をどう捉《とら》えたのか、藤矢の目が三日月のように細くなる。

微笑んでいるようにも、吟味しているようにも、何かを堪《こら》えているようにも見える。捉えどころのない表情だった。

「喜んで」

　クラクションの音が鳴り響く。駐車場から照らされるヘッドライトで、二人の影が長く伸びた。


　スタッドレスタイヤを完備した四駆車が、裏道をすいすいと走っていく。

「ごめんねえ、待たせて。あ、俺のこと覚えてる？」

「燕さん……ですよね」

「そう！　佐渡《さわたり》燕です。よろしく～」

　病院まで迎えに来てくれたのは、父ではなく燕だった。

　先日の襲撃の際、藤矢と共に雪音を助けてくれた青年である。

「俺は御景神社の男巫《だんぷ》なんだ。男巫って分かる？　巫女《みこ》さんの男性バージョン」

「はい。その節は大変お世話に……」

「ああー、気にしないで。俺にはそういう堅苦しい態度取らなくていいよ！」

　燕は軽い口調で言いながら、バックミラー越しに、後部座席の雪音に微笑みかける。

「藤矢くん、少しは話せたんでしょ？　何か気の利いたことは言えた？」

「建設的な話をしたよ」

「ええー、何それ？　まずは場を温めてからでしょうが」

「なら燕が手本を見せてくれ。まずこの場を南国のように温めて。ほら」

「うーわ。いっきに話しにくくなった」

助手席と運転席で、軽い調子で言い合う二人。雪音は羨望《せんぼう》が湧き上がってくる。

（仲良いなあ……友達なのかな……？）

件《くだん》の襲撃以来、雪音の友人関係はぷっつりと途絶えてしまった。柊悟の様子から察するに、学校の間でも噂が飛び交っているようだし、これまで通りの関係は望めないかもしれない。

車窓を流れていく、山の雪道。遠くにぽつりぽつりと灯《とも》っている明かりには、仲が良かった友達の家もたくさんある。

「そろそろ着くよー。神社の方に回すね」

ハッと気づけば、車は自宅付近のY字路にいた。左へ進めば綿本家の母屋に近く、右に進めば六出神社の駐車場に近い。

「え……でも今、境内は入れなくて……」

「ご両親に許可は取ってある」

「えっ」

「許可っていうか、問答無用の決定事項の通達って感じだったけどね」

「えっ」

「ま、ま、ま。その辺りの事情もお話しさせて」

車が停まる。燕は素早く運転席を降りて、後部座席のドアを開き、雪音に手を差し出してくれた。

先日と同じ、昇り龍が刺繍《ししゅう》されたスカジャン。長い三つ編み。上背があり、容姿の第一印象は厳《いか》ついが、仕草はかなり恭しい。

「暗いから気を付けてくださいね」

「……はい。ありがとうございます」

男性からおとぎ話のようなエスコートを受けるのは初めてで、つい緊張してしまう。

「燕さん、雪道に慣れてますね。タイヤも完璧《かんぺき》で」

「そうでしょ～？　修行で雪山放り込まれたことがあるんだ」

「修行、ですか？」

「そう。俺は生まれつき神力が弱かったから、人一倍鍛えられたんだよね」

（『神力』って……早梅も言ってたな。不思議な力のこと……？）

ピンとこない用語が増えてきて、雪音は思わず首を捻《ひね》る。

燕は呆《あき》れた素振りはまったく見せなかった。藤矢と顔を見合わせ、「境内で話そう」と進んでいく。

境内は大きな瓦礫《がれき》こそ撤去されているが、依然として荒廃している。降雪が多い時季ということもあり、修繕工事は思うように進んでいないのだ。

臨時の照明器具が設置されただけの、薄暗い神社。雪音も生まれ育った場所でなければ、不気味だとすら思っただろう。

「神使さま……ごめんね」

砕けた狛狼《こまおおかみ》像が、本来の台座の足元に放置されている。雪音は、二頭に積もった雪を手で払った。

ここでは色々なことが起き過ぎた。立っているだけで、脳裏にあの夜の光景が蘇《よみがえ》る。

「──雪音、早梅を覚えているか？」

だから藤矢にそう問われ、雪音は深く頷《うなず》き返した。

忘れるわけがなかった。あの禍々《まがまが》しい気配と胡乱《うろん》な瞳。身の毛もよだつ未知の力を持った青年だった。

「あの男は、禍津《まがつ》神《かみ》派と呼ばれる集団の一体だ。人間ではない」

「……神様」

「ああ。社は百年ほど前に廃社になっているが、呪詛《じゅそ》を司《つかさど》る神だったようだ」

禍津神派とは早梅のような淫祠《いんし》の神らと、それを祀《まつ》る人間らとの集団だという。世に混沌《こんとん》をもたらし、悪しき神の力で人々を支配しようとしているらしい。

少なくとも千年以上前から存在しており、凶悪な災害や事件を引き起こし続けている。一般に事情こそ伏せられているが、数多《あまた》の悪事の裏側に、彼らの暗躍がある。

「要はテロリストだが、神力のない人間には、禍津神の力は観測できない。把握しているのは、俺たちのような『特格神社』の関係者に限られる」

「特格……？」

「国内の神社は、『一般神社』と『特格神社』に分類される。一般神社が、君たちがよく知る神社の類《たぐい》。『特格神社』は一般人には知られざる神社。有り体に言えば、特殊なご利益がある神社のことだ」

説明しながら、藤矢が手のひらを差し出してくる。

「？　わっ」

覗《のぞ》き込んだ瞬間、空気の渦が巻き起こり、雪音の髪をなびかせた。

（手の上で、竜巻が起きた？）

目をぱちくりさせながらも、雪音は先日の一幕を思い出していた。

（私を助けてくれたときも、不思議な光が貫いて、それから風が吹いて……）

にわかに信じ難い話だが、既に身を以《もっ》て味わっている。あの暖かな風に守られて、雪音はどうにかここにいるのだ。

「特格神社は、一般神社では解決しえない問題を、一般ならざる力で対処する」

神秘的なものの存在を、まるで信じていないわけではなかった。

だが雪音にとって、神社や祈りというものは、心のための領域だった。

六出神社の縁切りだって、厳かに整えられた場所で、心底真剣な人たちが集まって執り行うことに意味があるのだと。わざわざ言語化をしたことがなかったけれど、非科学的な超常現象を操れるとは思っていなかった。

「俺の実家は特格の『御景神社』だ。主祭神は風神だから、社家の術者は風の力をお借り出来る」

当たり前に語る藤矢を、燕が苦笑いで補足する。

「まあ、藤矢くんはずば抜けて強いんだけどね。こんな魔法使いみたいに『神力』を扱えるような人ばかりじゃないよ」

やはりあの超常現象の源が『神力』なのだ。藤矢も燕も、それを操って戦っている。

「すみません私、何も知らなくて……」

「いやー、仕方ないよ。六出神社の事情は少し特殊だからさ」

「ああ。六出神社は表向きは一般神社だが、本来は特格神社だから」

目を瞠《みは》る雪音をよそに、藤矢は崩れた境内を一瞥《いちべつ》する。

「奇特な術を受け継ぐ一族として、その実態を隠してきたんだ。特格本庁のデータベースにも登録されていない。俺たちも探し当てるのに苦労した」

こちらはすぐには信じられなかった。雪音は物心つく前からずっとこの神社で過ごしてきたけれど、そういった事情に触れた覚えがない。

「ご両親もお祖母様も、意図的に隠していたんだろう。君はまだ中学生だ。跡継ぎにするつもりはあったようだし、高校進学あたりを機に伝えるつもりだったのかもしれない」

「……あ」

雪音が高校生になったら、大切なことはすべて順々に伝える。繰り返し言われ続けてきたことだった。

「六出の者は代々強い神力を持ち、類稀《たぐいまれ》なる『縁切りの神術』を操ることが出来る。俺たちはあの日、君のお祖母様に縁切りの依頼をするはずだった」

「それを、早梅が……」

「ああ。禍津神派は、各地で力のある特格神社を潰《つぶ》して回っている。特格は常に禍津神を討伐しようとしているから」

藤矢は言葉にしなかったが、先を越されたのだ。

（私と同じように、家族を殺された人もいるのかな……）

どうしようもない気持ちがこみ上げて、雪音は奥歯を嚙《か》み締める。

「私に、縁切りが出来れば……」

夜風に溶けるほど、とても小さく呟《つぶや》いた言葉。それに食い付いたのは燕だった。

「出来るよ！」

「えっ」

「出来るようになる！　だって名前が『雪音』でしょ」

跡継ぎの名前に入る『雪』の文字のことを言っているのだろう。

「……そう、ですね。いつかは私も」

「すぐ出来るようになるって！」

食い気味に言う燕に、雪音は思わず身を引いてしまう。途端、我に返ったように「ごめん」と口にするが、それでも燕は止まらなかった。

「ごめん……でも、いつかじゃ遅いんだ」

「おい、燕」

「こんなタイミングに、間に合わなかった俺たちが頼むのは、本当に違うって分かってる、けど……」

必死の形相だった。止めようと肩を摑《つか》む藤矢の腕を、逆にぐいっと引っ張って、雪音の前に差し出した。

「頼む。藤矢くんを助けてくれ……！」

「は、え……？」

「燕。黙れ」

「うるさい、話さないと始まらないだろ！」

燕が叫ぶ。先ほどまでの朗らかな雰囲気はなかった。

藤矢の胸元に手を伸ばし、抵抗されれば無理やり押さえつけようとする。

「ちょっ、どうしたんですか……!?」

「いいから、これを見て！」

燕は藤矢の詰襟とシャツを無理やり脱がせようとしていた。ぶちぶちっと音を立てて、いくつかのボタンが弾《はじ》け飛ぶ。

「おい、燕！」

そうして無理やり、藤矢の首元を晒《さら》け出した。

「こいつと縁切り出来なかったら、藤矢くんは死ぬんだ！」

大胆に見せ示された、藤矢の素肌。雪音は思わず、呼吸を忘れた。

「……！」

暗い青紫色の大きな痣《あざ》が広がっている。重傷な火傷《やけど》跡のような痛々しさ。

「藤矢くんは呪われてるんだ！　御景家に代々受け継がれている、禍津神派からの呪い」

「呪いとの、縁切り……？」

「そう、頼むよ！　切れなかったら……御景家の跡継ぎは、二十歳で死ぬ……！」

「燕！」

鋭い声で刺され、燕はようやく黙る。藤矢の体から手を離し、雪音に「ごめん」と頭を下げる。

「俺にも謝れ」

「……ごめん」

「追い剝《は》ぎだってもう少し手ぬるいだろうな」

「追い剝ぎしたことないから分かんないよ……」

「俺だってないよ」

わざと軽口を叩《たた》いているように聞こえた。藤矢は会話を続けながら、項垂《うなだ》れた燕の頭をぽんぽん叩いている。

それから至極申し訳なさそうな表情で、雪音の方を向いた。

「驚かせたね。燕は信頼のおける男巫《だんぷ》なんだが、忠誠心が強すぎるところがあって」

雪音は慌てて首を振る。面食らいこそしたが、燕には必死になるだけの理由があるのだ。

「……本当に、二十歳で？」

「このまま何もしなければ確実に。情けないことに、御景家はもう五百年も前に受けた呪詛を、未《いま》だに断ち切れずにいるんだ」

そうして語られたのは、禍々《まがまが》しい呪いの話だった。

特格神社を統括する『特格本庁』は、平安《へいあん》以降に国家祭祀《さいし》を管轄していた神祇官《じんぎかん》から枝分かれした組織だ。成立以降、専門の書記官が置かれ、人と神の歴史を記録し続けている。

その記録によれば、禍津神《まがつかみ》派が御景家に強力な呪詛《じゅそ》をかけたのがおよそ五百年前。時は室町《むろまち》時代の後期で、明応《めいおう》地震により東海道《とうかいどう》全域が大混乱に陥っていたころである。

呪詛はまず、生後間もない後継者の赤ん坊に、不穏な痣が浮かぶことに始まった。痣は成長と共に肥大し、宿主に苦痛を与え続ける。そして二十歳で絶命に追いやり、また次の後継者に発現する。

無論、御景一族も黙って呪われていたわけではない。優秀な神職者や術者を集め対策を講じた。その甲斐《かい》あって、数百年の間は御景の跡継ぎに痣が浮かぶこともなかった。

その小康状態が終わったのは、ほんの十年前。唐突に禍津神派が力を強め、国内では大規模な災害や疫病が相次いだ。

そして御景家への呪詛も復活したという。

「当時は存命だった俺の兄に、痣が浮かんだ。長年苦しんで、二十歳で死んだよ」

「そんな……」

「俺はまだ死ぬわけにはいかない。だから解呪のため、あらゆる方法を模索して……この六出神社に行きついた」

助けたい、と思う。彼は雪音を助けてくれたのだ。早梅のことだって許せないし、禍津神派とやらをのさばらせておくのも嫌だ。責任だって取りたい。だけど――

「ごめんなさい……私、私に出来ることは何でもって、言ったばかりで……」

雪音は唇を嚙みしめ、深々と頭を下げる。頭上から燕の、切実な叫びが降り注ぐ。

「そんなこと言わないで、頼むよ……！　頼む、どうか……！　あと三年しかないんだ、藤矢くんは、あと」

「燕」

「藤矢も頼めよ！　他に頼めるヤツいないんだぞ、お前が死んだら俺はどうすればいいんだよ！」

「ごめんなさい。ごめんなさい、無理なんです……」

胸が締め付けられる心地だった。不甲斐《ふがい》なくて泣きたくなる。

雪音だって、この人たちの悪縁を切りたい。だけど今、そのためには力が足りない。

「私には、『鞘《さや》』がないから……」

「鞘？」

聞き慣れない単語に、二人が首を傾げる。

信じてもらえるだろうか。一抹の不安はあったが、ここまできて誤魔化す気にもなれない。雪音は恐る恐る口を開いた。

「……旦那《だんな》さんのこと、です」

息を呑《の》む二人の前に、雪音は自分が聞き知る事実を訥々《とつとつ》と語った。

「六出の縁切りの儀式では、狼星っていう神具の日本刀で、剣舞をします。ただ、鞘がないとこの剣舞は完成しなくて。儀式の後継者は、結婚したら夫婦で職人の許《もと》にうかがって、自分専用の鞘を作ってもらうんです」

「……それはあくまで、物理的な入れ物の話だろう。実際に必要なのは、伴侶《はんりょ》の存在ということか？」

藤矢の冷静な問いかけに、雪音は頷《うなず》く。

実際に縁切りの剣舞には、抜刀と納刀の動きがある。雪音もこの剣舞だけは、幼いころから教えられていた。独特の足運び。指先の所作。神具の代わりに木刀を握り、毎日稽古《けいこ》を続けていた。目を瞑《つぶ》っても舞えるくらい、この身にすべてが染み付いている。

　これだけは。この半月間、家に閉じこもっている間さえも、ずっとずっと繰り返してきた。

（でも、今の私じゃ……）

　雪音はこれ以上何も言えず、ただ俯《うつむ》いた。

「なるほど」

　一方で、藤矢の声は落ち着いていた。雪音がチラリと視線をやると、顎《あご》に手をやって何やら考え込んでいる。

「じゃあ俺が鞘になろう」

「……あの？」

　何を言われているのか分からず、きょとんとしている雪音に、

「俺と結婚しようか」

　藤矢は平然と言い放った。

「……えっ」

「雪音は中学三年、十五歳か。誕生日はいつ？」

「六月ですけど……」

「うん、俺が十二月生まれだから、十分間に合う」

　藤矢は淡々と計算し、頷く。

「雪音。俺の他に婚約者は？」

「い、いませんけど」

「恋人や、好きな相手はいる？」

「それも、今のところは」

「じゃあ都合が良い」

「え、えええ」

　雪音はただただ絶句する。目を白黒させ、眉間《みけん》に皺《しわ》を寄せたり、首を傾げたり。その間、藤矢はただ雪音の返事を待っていた。

「私まだ、十五歳ですけど……いいんでしょうか？」

「俺もまだ十七歳だから、年齢はお互い様だよ。ひとまず婚約しよう。同棲《どうせい》という体で御景の本家で暮らしてもらえれば、いざというとき君を守れるし」

「十七歳で婚約できるんですか？」

「婚約であれば、法的年齢制限はない。そのお陰で、俺にも山のように婚約話がきている」

「えっ！　じゃあこれ愛人契約のお誘いってことですか？　ええっと……鞘って不倫でもいいのかな……」

「ストーーーーップ！」

　嚙《か》み合わない二人の間に、燕が割り込んでくる。

　いよいよ黙っていられなくなったらしく、「コントしてる場合じゃないから！」と長い髪をかき上げた。

「藤矢くん。本気で言ってる？」

「俺が冗談でプロポーズする男だと思うか？」

「いや思わんけどさ……いいの？」

燕の意味深な視線に、藤矢が黙って頷く。それを見届けて、燕は長いため息をついた。

「ビックリしたよねー、ごめん、ほんとごめんね」

「いえ、はい、びっくりは、していますけど」

「はは。まー藤矢くんが言ってるのは、言葉の意味そのまんまなんだよ。ガチで二人が結婚するなら、六出神社さんにもいっぱいメリットがあります」

雪音はごくりと唾《つば》を飲む。どうやら本格的に、冗談ではないらしい。

「御景神社って、特格神社の実質トップなの。ほら、社格制度がなくなっても、伊勢神《いせじん》宮《ぐう》ってやっぱレベル違う感じするでしょ？」

そうして燕は、前提知識のない雪音のために、ひとつひとつ噛み砕《くだ》いて説明してくれた。

御景神社は言うなれば裏・伊勢神宮のような存在だという。全国の特格神社を統率し、表の神社本庁とも深く通じる。更に政府中枢にも入り込んでいる上、貿易から芸能まで、各業界への影響力も甚大であると。

それだけ大規模な神社ともなれば、当然社家の人間も多い。総本社は東京にあるが、全国に散らばった末端の分家を含めると相当の数になる。

そして彼らは、『禍津《まがつ》神《かみ》派の討伐』という最大の課題について、一枚岩ではない。いくつもの派閥が混在し、地位や名誉や財産が絡んで泥沼状態になっているという。

「藤矢くんの父親は当代の大宮司《だいぐうじ》だから、正統な跡取り息子なんだけど、ここの親子仲も最悪なんだよね」

「当然だろ」

燕に説明を任せていた藤矢が、吐き捨てるように言う。

「あれは権力や保身にしか興味がない。自分の派閥を拡大するために、正妻以外に多数の愛人を囲って子どもを産ませた。人でなしだよ」

「……藤矢くんを生んだお母さんは、地方分社の巫女《みこ》さんだったんだ。本当は別に婚約しているお相手がいたんだけど、神力が強いからって脅迫されて別れさせられたって」

「そんな……酷《ひど》い……」

雪音はつい零《こぼ》してしまい、ハッと口を押さえた。

「すみません」

「問題ないよ。本当にろくでもない男だから」

苦笑いを浮かべながら、燕が続ける。

「そんな酷い人だからかな、大宮司派って禍津神派との長期的な戦いに備える方針というか、冷戦派というかね。もう息子の呪いを解くことを諦《あきら》めてる」

それはつまり、父親が我が子の命を見捨てるということだ。

（人の命を、家族の命をなんだと思ってるんだろう……）

言葉なく唇を噛む雪音を見て何を思ったのか、燕がぐっと前のめりになる。

「ねー、酷いでしょ？　しかも酷いのは、これで終わりじゃなくってー」

「これ以上？」

「だって現状、藤矢くんが唯一の本家血統だもん。呪いで死んだら、御景神社は途絶えちゃうでしょう。というわけで、最悪の計画が進められようとしてる」

呪いを解かず、本家の血筋を残す方法。藤矢がいなくなったあとに必要なのは、藤矢の替わりになる存在……

「ものすごーーくマイルドな言い方をすると、多重結婚作戦」

雪音は開いた口が塞《ふさ》がらなかった。

「そもそも御景家に嫁ぎたい女も、娘を御景家に嫁がせたい親も山ほどいる。それこそ正妻じゃなくても、本家の血が欲しい。大宮司派からしたらもう選び放題なんだよね」

「『どうせ呪いは解けない。体の自由が利くうちに、可能な限り子孫の用意をしておけ』という話だよ」

とんでもないことを、藤矢は淡々と言ってのけた。

「当然俺はそんなの御免だ。権力争いの駒にされる子どもが気の毒だし、御景の血が分散すれば特格内の統率も乱れ、禍津神派につけ入る隙を与えかねない。だが、相手は腐っても大宮司だし、どんな卑劣な策を取るか分からない男だから油断ならないんだ」

辛辣《しんらつ》な口調だが、藤矢の瞳《ひとみ》に怒りや憎しみの感情は見えなかった。その手の感情を抱けないくらいの間柄になってしまっているのかと思うと、雪音は何も言えなくなる。

「君が婚約してくれれば、俺は当面の間、父親から押し付けられる他の婚約者候補を拒みやすくなる。相変わらず愛人は勧められるだろうけど」

そうして藤矢は静かに、雪音を見やった。

「当然これだけのことをしてもらうのだから、君にもメリットを提示する。俺と婚約してくれれば、六出神社再建の資金援助は惜しまないし、今後君のご家族も御景の精鋭が護衛しよう」

それはこの上なく、魅力的な条件だと思った。禍津神派が六出神社に目をつけているのは確実だ。再び襲撃を受ければ、雪音たちに為《な》すすべがない。恐らく警察の類《たぐい》がどうこうしてくれる話でもないはずだ。

(早梅は……また私を、殺しにくる)

雪音は直感していた。彼は雪音を諦めない。迎えに来るという身勝手な宣言通り、遠くない未来に雪音の前に現れる。

あのどろりとした気配。どこまでも深い闇の瞳。思い出すだけで鳥肌が立つ。

あんな敵意を向けられたのだ。今度こそ本当に殺される。今度は両親や弟だって巻き込まれるだろう。

ともすれば実家で過ごすよりも、対禍津神派の本丸である御景家に身を置いた方が、誰もが安全に違いない。

（この家に、私はいない方がいい。私が家族のために出来る、最大限のこと……）

何でもすると決めたのだ。出来ることなら何でも。そして今は出来なくても、これから出来るようになることも、全部。

「俺は君の鞘《さや》になる。君は十八歳になったら、俺の呪いを断ち切ってくれ」

請い願うセリフだが、有無を言わせぬ力がある。他の選択肢は感じられない。

否、たとえ感じられたとしても、雪音の選ぶ道はひとつだ。滲《にじ》む困惑を覆い隠し、雪音が雪音を奮い立たせる。

「ふつつかな嫁ですが、末永くよろしくお願いします」

第二章　早春の風

　半月後。雪音が東京へ引っ越す日は、朝から雪が降っていた。

　大きな荷物はほとんど発送してあったので、雪音の持ち物は小さな旅行鞄《かばん》と、背負った神具・狼星のみ。

（これが銃刀法違反にならないのってすごいな……）

　刀袋の中には登録証が入っている。特格神社の神具専用の登録手続きを済ませているが、今の雪音は傍目《はため》には剣道部の生徒にしか見えないだろう。

　とは言え最寄りの無人駅に人影はない。がらんとした駅舎はところどころが錆《さ》びついている。時刻表は日に焼けていて、少し見にくい。

「なあ、やっぱ俺も新幹線の駅まで付いてく」

　見送りにきた柊悟が、ぼそりと言った。

「もー、大丈夫だって。心配しすぎ」

「別に心配なんかしてねーし」

　ぶっきらぼうに言って、そっぽを向いてしまう。頬をふくらませた横顔は小さいころとまるで変わっておらず、雪音は頬が緩んだ。

「しゅーちゃん～」

「はⁱ? キモ！」

「大きくなったねえ～」

「キモい！　やめろ！」

指先で頰をつつけば、舌打ち交じりに振り払われた。雪音はじゃれ合いの範疇《はんちゅう》だとにこにこしていたが、ふと柊悟の顔に影が差す。

「……ほんとに行くのかよ」

「行くよー、そりゃ。もう学校も決まっちゃったし」

「なんであんなやつらのために、姉ちゃんが……！」

「……そんな言い方したらダメだよ」

「なに庇《かば》ってんだよ！　見送りにも来ないクソみたいなやつらじゃん！」

悲痛な叫びに、胸がずきりと痛む。

（柊悟には、お父さんたちが私を追い出したように見えてるのかな……）

藤矢との婚約も、御景家への引越しも、両親はすぐに了承した。

雪音や柊悟と違って、両親は特格の何たるかについて知っていた。このままいけば、六出神社や自分たちがどんな脅威に晒《さら》されることになるのかも。

――婚約でもなんでもいいから、早くソレを連れ出してくれ。

挨拶《あいさつ》に来た藤矢に、父が言い放った一言が、雪音の鼓膜にこびりついている。もう名前も呼ばれなくなっていた。

「柊悟、ごめんね」

腕を伸ばし、弟の頭を撫《な》でる。ずっと苦しめてしまった。いつも雪音をかばってくれていたのだ。両親相手だけではない。陰口を叩《たた》く近隣住民に食ってかかり、噂話をする同級生とケンカをして……。

(これ以上私と一緒にいたら、柊悟まで不幸にしちゃう)

そんなのは許せない。十三年間、ずっと一緒にいた弟だ。何があっても守りたい。

それに、両親のことだって変わらず大切なのだ。今は平常時ではない。禁忌を犯した娘に辛《つら》く当たるのを、恨むなんてできなかった。

「……分かったよ。もういいよ」

柊悟が雪音の手を振り払う。

「あんなクソみたいな家だけど、俺にはひでーことしないもんな。安心しなよ」

「柊悟」

「東京でもどこでも行けばいいじゃん。姉ちゃんの幸せは、もうここにはないのかもね」

敢《あ》えてキツい言葉を選んでくれているのだと分かっている。柊悟は優しい。ずっとずっと優しかった。

分かっていても、寂しい。

(もうここに、私の幸せは……)

そんなのは嫌だ。認めたくない。取り戻したい。色々な思いが湧き上がって、言葉に詰まった。

やがて遠くから列車の駆動音が聞こえてくる。駅舎の時計を見上げれば、間もなく到着時間だった。

「じゃあね」

「ん」

弟の、必死に堪《こら》えた涙声。震える肩。たまらない気持ちをぐっと抑え込み、雪音は努めて明るい声を出した。

「行ってきます！」

ホームに滑り込んできた二両編成のワンマン電車に乗り込んで、一番奥の座席に腰を下ろす。電車が見えなくなるまで、柊悟がずっとホームに佇《たたず》んでいたのを、瞼《まぶた》の裏に刻み込む。

「いい弟さんだね」

ふいに聞き覚えのある声が、頭上から降ってきた。見上げれば、つり革を摑《つか》み、雪音を覗《のぞ》き込んでいる人物がいて。

「燕さん！」

踊るような仕草で燕が腰を下ろすので、雪音は慌てて涙を拭《ぬぐ》った。

「ご機嫌麗わしゅう、お嬢～」

婚約が決まってから、燕は雪音を『お嬢』と呼ぶようになった。

初めは面食らったが、燕の親しみやすさもありもう慣れた。

「燕さん、どこから乗ってたんですか？」

「お嬢と同じ駅からだよ」

「気づきませんでした……」

「ふふん、気づかれないようにしました」

茶目っけのある語調で言いながら、燕がニッと歯を見せて笑う。

列車は進行方向へ横並びの座席。車両には雪音と燕の二人きりだ。

「藤矢くんは新幹線の駅の方で待ってるよ。こっちで一仕事あって、迎えに行けなくてごめんってさ」

謝られるようなことではないと、雪音はぶんぶんと首を振る。

「お忙しいんですね」

「勝手に忙しくしちゃうんだよね。今日はこの辺りに住んでる知り合いに会うんだって」

背後の車窓を振り向きながら、燕は微笑む。

「いや〜、こっちは寒いねえ。三月にまだ雪降ってるとは」

「そろそろおしまいですよ。山奥は、たまに四月になっても降ったりしますけど」

「四月の雪か〜、春雪ってやつだね」

「春の季語ですけど、この辺りはまだまだ冷え込む時季ですからね。燕さんスカジャン一枚は寒くないですか？」

「全然！　俺平熱がかなり高いんだ」

「はあ～、代謝がいいんですねえ……」

他愛のない世間話を続けながら、線路をごとごと走る列車から、雪化粧をした田園風景を眺める。

「あ、そうだ。遅くなったけどお嬢、合格おめでとー！」

「わっ、ありがとうございます！」

高校受験の話だとすぐに分かった。婚約の話が決まってから、地元で予定していた入試をすべてキャンセルし、大慌てで東京の高校を申し込んだのだ。

藤矢から薦められた高校で、特格神社関係の生徒たちが数多く通うらしいが、試験自体は一般的なペーパーテスト。地方試験があるのはありがたかった。ハラハラしながらも、先週無事に合格通知を受け取った。

「一応言っておくけれど、コネ合格じゃないよ。お嬢が頑張った結果なので、自信を持ってくださいな」

「……はい。ありがとうございます」

「あはは、お礼ばっかり言わせちゃった」

窓の外を流れていくのは、人影の少ない、冬果ての故郷だ。水分量の少ない灰のような雪が、風に舞い上げられながら躍っている。だが積雪の白い幕の下で、数々の生き物たちが息を潜め、芽吹きのときを待ちわびている。

窮地に立たされていることに変わりはない。それでもこのときの雪音の心には、希望の光が差していた。

（力を貸してね、狼星）

背負った刀に、心の中で語りかける。凍てつく真冬の世界にも、ほどなく当たり前のように、春が訪れるものだと信じて。


小一時間後。久しぶりに訪れたターミナル駅は、百貨店をはじめとした商業施設が隣接していることもあり、雪音にはずいぶん賑《にぎ》わって見えた。

合流した藤矢は洋装だった。すらりと長い脚に細身のパンツがよく似合っていて、制服とも和服とも違う垢抜《あかぬ》けた印象だ。厚手の黒いピーコートを着込んでいるが、マフラーも手袋もしていない。それでも寒さに縮こまる気配はなく、背筋をピンとさせていた。

「お知り合いには会えましたか？」

雪音がそう尋ねると、藤矢は複雑そうに腕を組んだ。

「会えたが……相変わらずの人だったよ」

「？　気難しい方なんですか？」

「意地っ張りなんだ。地位や名声に縛られない大人というのは、なかなか動かせなくて……ああ、悪い。通じないひとり言は始末が悪いね。行こうか」

新幹線のコンコースには、一定間隔で間延びしたチャイム音が響いている。あっちでがらがら、こっちでがらがら、スーツケースのキャスター音が聞こえては遠ざかりを繰り返す中、藤矢と燕に挟まれるように進んだ。

乗り込んだのは、貸し切りの特別車両だった。土足で踏み入るのに躊躇《ちゅうちょ》するようなカーペット敷きで、金装飾が光る革張りのシートは高級ホテルのようである。

「こんな豪華な新幹線が走ってるんですか……！」

「わはは、すごいよねえ。一般走行はしてないけど」

一歩下がった位置で、燕が得意げに笑っている。

「その道の関係者が予約したら、車両を交換するんだってさ」

「その道……」

「おい、ヤクザ者みたいな言い方するなよ」

薄氷の上でも進むような雪音に対し、藤矢は慣れた様子で車内をずいずい進んでいく。

「雪音、奥へ」

貸し切り車両だが、ちょうど中間地点の窓際に案内された。隣に藤矢が腰を下ろし、背後に燕が着く。

「狭苦しくて悪いけど、万が一襲撃されたとき、君と神具を守りやすい位置にさせてもらうよ」

　高級車両に浮かれていた気持ちが、瞬時に萎《しぼ》んだ。

（そうだよ、そうだよね……移動ってそういう危険があるんだ……）

　だから燕は最寄り駅からこっそり付いてきてくれたのだ。そもそも現在の六出神社も、藤矢が手配した護衛により、二十四時間の警護をされている状態である。恐らく雪音を送った帰り、柊悟にも遠巻きに護衛が付いていることだろう。

「まーまー、そう固くならないで！」

　背後から肩を軽やかに叩《たた》かれる。気安い笑みを浮かべた燕が、シートに肘《ひじ》を突いて、

「こんな人目があるとこ襲うなんて大胆なこと、禍津神《まがつかみ》派はやらないでしょ！」

「……まあ、もっと陰湿な手段を取りがちではあるな」

「ね？　本当はさ、こっちの窓際からの方が景色がいいから、お嬢が喜ぶだろうな～っていう配慮だよ」

「あのな、警護が第一目的に決まってるだろ」

　と藤矢がため息をつく。多少は景色も理由というわけだ。

「何から何まで、本当にありがとうございます」

　雪音は体の向きを変え、藤矢に向かって深々と頭を下げる。

「……そんなに礼を言わなくていい」

　不快なことが起きたように、藤矢は眉間《みけん》に皺《しわ》を寄せる。

「俺を恩人のように扱わなくていいんだ。お互い様なんだから」

どこか突き放すような物言いだが、優しさゆえなのではないかな、と思う。他人の痛みを想像し、思いやってくれるのではないかと。

（お互い様なら、尚更《なおさら》恩返しをしなくちゃ……）

チラリと藤矢の方をうかがった。彼の背後には、通路を挟んだ向こう側の座席の窓がある。発車ベルと共に、ゆっくりと車両が動き出すと、彫刻のように端整な輪郭が、雪の反射で淡く光って見えた。

「きれい……」

「？　ああ」

雪音の視線の先を追って、藤矢は浅く頷《うなず》く。

「晴れてきたな」

灰雪は相変わらずちらついているが、雲間に青空が覗き始めていた。


新幹線で二時間半。昼過ぎの東京駅は、地元とは比べものにならないくらい混み合っていて、雪音は開いた口が塞《ふさ》がらなかった。荷物を持ってくれた燕が、けらけら笑っている。

「あっはは、そんなポカーンとしなくても。旅行とかで来てるでしょ」

「修学旅行で、一度だけ……」

とは言え、人混みを歩いたのは、新幹線を降りて改札を抜けるまでの、ほんの僅《わず》かな時間だった。

「雪音」

「？　はい」

「手を」

差し出された手のひらの意味が分からず、きょとんとしてしまう。

八重洲《やえす》口の大屋根に、春先の日差しが柔らかく透けている。降り注ぐ淡い光が、まるでスポットライトのようで――

「あっ」

ようやく藤矢の意図に気づき、その手を取った。

「こういうのにも慣れてくれ」

「う、はい……」

手を繋《つな》いだ、仲睦《なかむつ》まじい婚約者。この土地では、そうやって振る舞うことになるのだ。

「藤矢くんってば情緒ないな～。初心《うぶ》な方が可愛くていいじゃん」

「うるさい」

「あーあ、お嬢がここから擦れていくのを見るのは辛《つら》いよー」

よよよ、と泣き真似をする燕を横目に、じわじわと羞恥心《しゅうちしん》が湧き上がってくる。

（手袋ごしで助かった……！）

雪音も年頃の少女だ。初めて会ったときは、無我夢中で気にならなかったが、平時であればそれなりに気を遣う。

駅にほど近い送迎エリアに、黒塗りのハイヤーが待機していた。燕がフロントガラスごしに運転手に目配せをし、雪音のためにドアを開けてくれる。

後部座席に雪音と藤矢。助手席に燕が座る。運転席には、スーツ姿の中年男性。

「綿本雪音です。よろしくお願いします」

運転手は恭しく「よろしくお願い申し上げます」と返すが、それ以上は何も語らず、黙って車を発進させた。

（都会だなー……）

窓の外には、背の高いビル群が連なっている。めいめいの意匠は異なっているのだろうが、雪音にはどれも無機質に見える。

平日の日中ということもあり、道行く人もスーツ姿ばかりが目についた。見慣れないチェーン店の看板に、デリバリー業者の巨大なリュック。人々の装いも、春に向けてずいぶん軽やかになっており、道端に根雪の山などはない。

知らない土地。知らない人。目の前に広がる、新しい世界。

やるべきことはある。自分は遊びに来たわけではないし、今抱いているものは、夢や展望という表現は似つかわしくないようにも思う。

（それでも少しだけ……わくわくする）

逸《はや》る気持ちを持て余す。

やがて車が、巨大な鉄橋のようなものをくぐった。

（あれ？）

車窓の景色が一変した。高層ビルが姿を消し、辺り一面に背の高い木々が生い茂って森のようだ。緑の隙間に時折建物が覗《のぞ》くが、いずれもどこか特殊な意匠で、これまでの街並みとはまったく雰囲気が違う。

道路はゆったりとした二車線だが、走行する車はほとんどない。歩道を歩くサラリーマンの姿もない。先ほどまでの喧騒《けんそう》が嘘のように静かで、エンジンや空調の音が、やけに耳につく。

（なんだかすごく、懐かしい雰囲気が……）

初めて訪れる土地なのに、ふと故郷に戻ってきたような、不思議な感覚。にわかには信じ難いが、雪音にはこの雰囲気に思い当たる節があった。

「もしかしてここ、鎮守の森ですか？」

「正解～」

助手席の燕が、バックミラーごしにウィンクを飛ばしてくる。

「この辺は全部、御景神社の敷地なんだよ」

鎮守の森は、神社を囲む森林のことだ。神の降り立つ神域である。

「こんなに広いなんて……」

「ね、広いよねえ。さっき鉄橋っぽいのくぐったでしょ？　あれが御景神社の鳥居って
わけ。実際は鉄じゃなくて青銅製だけど」

「大きいんですね……！」

「ビル八階くらいの高さあるらしいよ。デカすぎて、ちょっと見ただけじゃ鳥居だって
分からないよね」

車はスピードを落とさずに進んでいく。都心部に、果てが見えないほど広大な敷地。

御景神社の規模は、この時点ですでに雪音の想像を超えていた。

「こんなに広いと、神社とは思わず入って来ちゃう人もいそうですね」

「いや」

ふいに藤矢が口を開いた。隣を見やれば、彼は横目に車窓を眺めている。

「あの大鳥居は、一般人には越えられない」

「越えられない、ですか？」

「認識阻害の神術がかけてあるから」

特格神社は知られざる神社。以前そう説明されたのを、改めて思い出す。

「陸の孤島ってわけじゃないけどね～。パンピ用の出入り口もあるよ。ピザも寿司も余
裕で頼めるから安心して！」

「噂に聞く宅配ピザ……!?」

「お、やったことない？」

「実家は宅配圏外だったんです」

「じゃあ今夜はピザパする？」

「えっ、いいんですか？」

「燕」

浮わついたテンションを、藤矢の鋭い声が窘《たしな》めた。

その空気感で何かを悟ったらしい。燕がバックミラーごしに雪音と目を合わせ、「そのうちしよーね」と笑った。

「……へーへー」

この話題は打ち止めだ。ピリついた空気に責任を感じて、雪音は慌てて口を開く。

「こ、ここに来るまでに、色々建物がありましたね。あれも全部、御景神社の施設なんですか？」

「……そう。今通り過ぎたのは、神輿《みこし》の御旅所《おたびしょ》や資料館、井戸に繋がる御池あたりか」

やや間はあったものの、藤矢も答えてくれた。相変わらず、視線は窓の外に向けられていたけれど。

「車で通れるのは、この北参道に限られる。参拝客は逆側の南参道から徒歩で入る。住まいの本邸は西参道側に回る方が早いけど、今日は特別だ」

車のスピードが落ち、間もなく止まった。藤矢が雪音の方を向く。

「まずは御祭神へのご挨拶《あいさつ》をしよう」


御景神社の神門をくぐり、参道を進んでいくと、手水舎《ちょうずや》や社務所が見えてきた。特格神社の境内も、基本的な構造は一般神社と変わりないのだという。

「私喪中なのですが、大丈夫でしょうか……」

「忌中は明けてるし、気にしなくていいよ」

忌服の概念も、基本的には一般と同じ。身内が亡くなったり、出産をしたりといった穢《けが》れへの感覚は、雪音がこれまで学んだものと変わりないようだ。

狛犬《こまいぬ》像の間を抜け、拝殿の前に立つ。銅板葺《どうばんぶ》きの荘厳な屋根は、縦にも横にも巨大で、雪音の視界に収まりきらない。構造や儀礼は変わらないとはいえ、桁違《けたちが》いの規模にはやはり驚かされる。

「行こうか」

「え、お参りは……」

「まだここは外拝殿だ。今日は内拝殿まで来てもらう」

大規模な神社は、拝殿が外拝殿と内拝殿に分けられている。大抵の場合、誰でも参拝できるのが外拝殿で、内拝殿は御祈禱《ごきとう》や結婚式を受ける場合にのみ立ち入れるという区分になる。

緊張でごくりと生唾《なまつば》を飲む雪音に、一歩後ろを歩く燕が微笑みかける。

「閉門日だから、他には誰もいないよ。ゆっくりお参りできるから安心して」

建物の隙間から差し込む日光だけでは、内部をすべて照らし切ることはない。薄暗い静謐《せいひつ》に、足音や衣擦《きぬず》れがやけに大きく響く。

（大きいだけじゃない……すごく、大切にされてきた建物だって分かる）

御景神社の歴史を知らずとも、ひと目で積年を感じる。色彩は控え目だが、建物も装飾品も、いずれも細部まで凝られたものだ。

そこで雪音は、異質なものに目を惹《ひ》かれた。

「風ぐるま……」

背後と左右の壁一面に、茶褐色の風ぐるまが並んでいる。いずれも拳《こぶし》ほどの大きさで、すべて単一色。近づいて目を凝らしてみると、どうやら何かしらの金属製であるらしい。

「この重さだから、滅多に回らないけど」

横並びになった藤矢が、風ぐるまの羽を指先でつつく。見た目より随分分厚いようで、見ているだけでも、重量感が分かった。

「御景神社の主祭神は、武神・風神の志那都彦神《しなつひこのかみ》だ」

藤矢が懐から扇子を取り出し、広げて見せる。扇面と骨の境目に、黒一色で紋様が描かれている。

「神紋は風ぐるま紋。社家に生まれた子どもは、おもちゃの代わりに鋼の風ぐるまを渡される。このくらい回してこその御景家だと」

途端、雪音たちの髪や衣服が大きくはためいた。

「わっ」

カタカタ、ガラガラ。勇ましい音を立てて、無数の風ぐるまが回る。先ほどの重たげな様子からは考えられないほど、激しく。そしてぴたりと、一斉に止む。

(今のも、藤矢さんが……)

目を丸くして、彼を見つめた。彼もまた雪音をじっと見つめ、やがてゆっくりと手を伸ばしてくる。

「髪」

「あ」

「よし」

長くしなやかな指先が、雪音の撥《は》ねた前髪を整えてくれた。

「ありがとうございます」

「……だから、お礼はいいんだよ」

そうして藤矢は、苦虫を噛《か》み潰《つぶ》したような表情を浮かべる。

その後はつつがなく祈りを終え、内拝殿を出た。何か特別な挨拶が必要かと身構えていたが、ごく普通の参拝と同じように二礼二拍手一礼。藤矢が「顔見せができたら十分だ」と言うので、それに倣った。

内拝殿のさらに奥部に、千木《ちぎ》と鰹木《かつおぎ》が載った屋根が垣間見《かいまみ》える。神社の本殿だ。本殿は神様がおわす場所であり、出入りできるのは一部の神職のみである。

「よーし、堅苦しい挨拶はここまで！　おうちに帰りましょー！」

燕が明るく声を上げる。

御景神社は、境内と隣接して関係者の居住エリアが存在する。雪音が今日から暮らす御景家の本邸もここにあるのだ。

神社側の美しく整えられた瑞垣《みずがき》の一角に、関係者のみが通れる通用口がある。常駐する警備員の操作で、大仰な鉄の門が開かれた。

土の地面、飛石の動線、剪定《せんてい》された樹木。ししおどしの風流な音が響く、和風庭園が広がっている。

「お嬢、道を覚えるのとか得意な方？」

「あ、はい。一度通ったら大体覚えられます」

「お、さすが山育ち。よかった～、結構迷う人多いんだよね。地図アプリも使えないし、方位磁石も役に立たないし。不審者対策にそういう術がかかってて」

「樹海みたいですね……？」

こちらの居住エリアだけでも、相当な面積があるという。奥へ進んでいくうちに、徐々に生活感が漂い始めた。点在する住居はいずれも立派な佇《たたず》まいだが、表に物干し竿《ざお》が置かれていたり、表札やインターフォンなどが見られたりする。

そうして辿《たど》り着いた、ひときわ大きな一軒家が本邸だった。

「遠路はるばる、御苦労さま」

藤矢が言う。付近は住居が少なく、植木も花も華やかだ。玄関周りには白い水仙が咲き誇り、中庭に続く小道は、椿の生垣でかたどられている。冬枯れの芝は均一に切りそろえられ、花々の隙間に控えめに広がっていた。

文化財にでもなりそうな瓦《かわら》屋根の木造建築。深い飴色《あめいろ》の外壁に、木枝が濃い影を落としている。ただ古いだけではなく、丁寧に手が入れられているのだろう。

「じゃー藤矢くん、俺は戻るね」

初めからそういう段取りだったのか、藤矢は「ああ」と頷《うなず》いて引き戸に手をかける。

「じゃーね、お嬢」

「これからよろしくお願いします！」

「こちらこそ～」

燕が手を差し出してくる。軽やかな握手だった。

「頑張ってね、……色々」

「？　はい！」

不思議な間合いがあったが、雪音が考え込むより早く、ぱっと握手は解《ほど》かれた。

燕はひらひら手を振って、椿の向こうに去っていく。それを目で追う間もなく、玄関の引き戸がからから音を立てて開かれる。

「ここは大宮司直系しか住めないから、今は俺と父親しかいない。その父親もあまり寄り付かないから気楽にして」

「はい」

「ご実家から届いた荷物は、全部君の部屋に届けてある」

藤矢は一階を軽く案内し、二階の一室に通してくれた。八畳ほどの板の間に、見覚えのある段ボールの山が運び込まれている。他には机と椅子、シングルベッドがあった。

「一応隣に、夫婦の寝室は用意してある」

「……はい」

恐る恐る、藤矢を見上げる。いくらか緊張していた雪音と違って、彼は落ち着き払っていた。

(やっぱり私より大人だなあ……こんなことでいちいちそわそわしないんだ)

学年だけでも二つ上だが、藤矢とはそれ以上の差を感じる。人柄も仕草も大人びていて、全体的に隙がないのだ。

(学校とかでもかなりモテるんだろうな……お家事情とはいえ、恋愛の自由が奪われてしまうのは気の毒なような)

「君はこの部屋で寝てもらっていいから」

「はい……え？」

返事をしてから、首を傾げる。今しがた「夫婦の寝室を用意した」と言われたばかりなのに。

「藤矢さんはどちらで……？」

「俺は俺の部屋があるからそっちで」

「では共有の寝室は……」

「父親が稀《まれ》に帰宅することがあるから、カムフラージュに用意してあるだけだ」

「あ、なるほど」

納得のすっきり感の後に、侘《わ》びしさが押し寄せる。彼は自分の生まれ育った家の中でさえ、気を緩めることができないのだ。

「俺も家を空けることが多いから、困ったことがあれば燕たちに。決して父親やその派閥の者には、弱みを見せてはいけない」

「……分かりました」

「彼らにもらった食べ物も、決して口にしないように。何が入っているか分からないから」

雪音への忠告は、これまで藤矢自身が気を付けてきたことなのだろう。

（……私はこの人の、味方になろう）

損得感情を抜きにしても、こんな悲しいものを背負っている人を、放っておくことなどできないと思った。

「雪音」

「はい……え？」

ぽん、と頭を撫《な》でられた。思いがけない仕草に、思わず目を丸くする。

「今日からここが、君の家だ。何かと堅苦しい思いをさせるが、よろしく頼むよ」

手はすぐに離されてしまう。それを名残惜しく思いながら、雪音は頬が火照るのを感じた。

第三章　波のような日々

　東京に引っ越してきて、およそ半月が過ぎた四月の放課後。私立開學院《かいがくいん》高等学校の校門で、雪音は咲き誇る桜を見上げている。

　東京の桜は、三月の末が見ごろだと聞いたことがある。この時季にはほとんど散ってしまうため、満開の入学式などありえないのだと。

　ただし開學院高校は例外だった。敷地内の数十本の桜の木は、いずれも遅咲きの品種。かつ専属の庭師が細かに手を入れていることもあり、先週の入学式では、雪音たち新入生たちは満開の桜に迎えられた。

（ぼたん雪みたい……）

　ぽってりとした薄桃の花を見上げながら、雪音はぼんやりと故郷を想う。

（山はまだ雪が降る日もあるよね。町内会の山菜採りは雪だと中止になって……ああ、おばあちゃんのばっけ味噌《みそ》が食べたいな）

　茹《ゆ》でたフキノトウを、刻んで味噌に混ぜ込んだ郷土料理。あの爽《さわ》やかな苦みを思い出し、短くため息をつく。

　東北の山奥で生まれ育った雪音にとって、フキノトウのような山菜は四季折々の身近な食材だった。コゴミにタラノメ、ウドにアザミ、行者にんにく。どれも近所からおすそわけをもらい過ぎて、購入という概念すら存在しないほどだ。

しかしここ東京では、天然ものの山菜はどれも高級品。指先でつまんだだけの少量が、目玉の飛び出るような金額だったりする。

「ん、わっ」

ふいに強い風が吹き、桜の花びらが視界を覆った。顔面に何枚も花弁がぶつかる。息苦しさに顔をしかめ——すぐに解放された。

風向きが変わっていた。今度は誰かの意のままに。

「まるで吹雪だな」

花の渦の向こうに、涼しげな顔の藤矢が立っている。

「助かりました。花びらで窒息するかと」

「それは大げさじゃないか？」

「大げさじゃないですよ。豪雪地帯では、吹雪で窒息することもあるんですから」

「本物の雪ならな。君の実家と違って、ここのは所詮《しょせん》花びらだ」

藤矢の指が伸びてきて、雪音の髪に触れた。付着していた花びらをつまみながら、薄笑いを浮かべている。

「勝手に溶けてもくれないし、煩わしいばかりだよ」

手放した花弁に、藤矢はふっと息を吹きかける。花びらがひらひらと踊るように、ゆっくり落下していく。

雪音は思わず見惚《みと》れてしまったが、藤矢はもう花弁を見てもおらず、コンクリートの道に吹き溜《だ》まった花弁を踏んで歩き出している。

「帰ろう、雪音」

首だけで振り返り、片手を差し出してくる。

「う……」

躊躇《ちゅうちょ》する雪音を見て、藤矢は薄く微笑んだ。

「はは、まだ照れる？」

「すみません……なかなか慣れなくて」

雪音が躊躇している間に、藤矢がぐっと距離を詰めてくる。

「耳を貸して」

そう言った割に、雪音が背伸びをするまでもなく、彼は膝《ひざ》を折り、耳元に唇を寄せた。

「向こうの横断歩道」

これは誰にも聞かれたくない会話。それなのに傍から見れば、仲睦《なかむつ》まじく内緒話をしているようだろう。

「一年生だ。君のクラスメイトがいるかもしれない」

確かに数十メートル後ろ、二人組の女子生徒がいる。ちらちらこちらをうかがっている風だ。

「……繋《つな》ぎましょう！」

「あはは。いや痛い痛い」

気合を入れて藤矢と手を繋いだら、つい力を入れ過ぎてしまった。

──この半月は、飛ぶように時間が過ぎた。

都会は人も車も多く、あらゆるものが目まぐるしく回転する。根雪がないため道は歩きやすい。温暖で防寒具もいらず、心なしか身は軽い。

だが嫁入り先である御景家に溶け込むのは、雪道を歩くよりうんと難しかった。

まず義父。引っ越して来てから、なんと一度も顔を合わせていない。大宮司という立場ゆえ、多忙でなかなか帰宅しないというのは耳にしていたが。

そして彼だけではない。いざ足を踏み入れてみると、御景家──もとい、御景神社にまつわる人間関係は、想像し難いほどに複雑だったのだ。

「藤矢くん！」

例えばこの、砂糖のように甘い呼び声の主。

雪音たちの進行方向で、小柄な女子生徒が手を振っている。

「奇遇ねぇ～」

なめらかな肌に、ぷっくりとした小ぶりな唇、小動物のようにつぶらな瞳《ひとみ》。波打つ栗色の髪は腰ほどまでの長さがあり、頭部はカチューシャ状に編み込まれている。

「ああ、浮ケ谷《うきがや》さんか。ひとりでいるのは珍しいな」

「ふふ、たまにはいいかなって」

この可憐《かれん》な容姿の少女は、浮ケ谷涼乃《すずの》という。

開學院の三年生で、藤矢の同級生。神奈川にある『浮ケ谷御景神社』の一人娘だ。

（御景神社の分社の娘さんで……そう、確か、藤矢さんのはとこ）

雪音は、必死に叩《たた》き込んだ人物情報を反芻《はんすう》する。

神社同士の基本的な関係性は、一般神社でも特格神社でも同じである。総本社の御祭神を、別の場所で祀《まつ》ったのが『分社』。御景神社は特格神社の最上位であるため、分社は全国に百以上もあるそうだ。

（これはもう親戚《しんせき》の家が数百あるようなものだよね……生きてるうちに一度も会わない人もいそう……）

雪音が途方も無い数字にぼーっとしているうちに、涼乃はこちらに近づいてくる。

「ふふ、ほんと仲良し」

その視線は、繋がれた雪音と藤矢の手を向いている。

（人前だし一回離し……っ、固！　藤矢さんって力強……っ）

どことなく居心地が悪く手を解《ほど》こうとしたが、藤矢が許さなかった。むしろ握り合うだけだったところを、わざわざ指同士を絡ませ合い、深く繋ぎ直される始末。

雪音は小さく深呼吸をして、涼乃に微笑みかけた。

「お疲れさまです、浮ケ谷先輩」

「ふふっ、雪音さんっておもしろ〜い」

涼乃の上品な笑い声に、微《かす》かな鋭さがチラつく。

「疲れてなんかいないでしょ？　雪音さんは、学校行って帰るだけだもの」

咄嗟《とっさ》の挨拶《あいさつ》に、決まりきったそれを選んでしまったことを後悔した。

分家とはいえ、涼乃は由緒正しい御景家の人間。中等部から開學院に通い、特格神社の跡継ぎ教育を受け続けてきた。有り体に言えば、お嬢様なのだ。

（お疲れさまです、じゃなかったのか……ごきげんよう……？）

だが相手と近づくために、相手の真似をすれば良いものなのかも分からない。今後御景家の人間にどう挨拶したものだろうか……などと雪音が悶々《もんもん》としている間にも、

「いつもお家では何されてるの？　部活も始まっていないし、一年生ってまだ課題らしい課題も出ないわよね？」

などと、涼乃は穏やかに畳み掛けてくる。

「あ、お休みの日には、神社の助勤を」

「まあ、勤勉なのね」

「境内の掃除とか、社務所や授与所の雑用くらいしか、まだ出来ないんですけど」

「あらあら、巫女《みこ》みたいな仕事。大変〜」

綺麗《きれい》な手のひらで口元を隠し、涼乃は微笑む。

「花嫁修業の方はどうなの？　お掃除とかお料理は？」

「そういうのは全部、うちでは家政婦に任せている」

流れを遮ったのは、藤矢の一言だった。

「家事だけが花嫁修業という界隈《かいわい》でもないだろ？」

「……そうよねぇ。私も日々修行が大変だもの」

涼乃は一瞬だけ固まったあと、いくらかぎこちなく微笑みながら、くるりと身を翻す。

「じゃあそろそろ行きましょうか」

「……浮ケ谷さんも？」

「ええ。今日は私、おじさまに用事があるの」

そう聞いた途端、今度は藤矢が凍りついた。

おじさま、というのは、藤矢の父のことだ。涼乃の父とはいとこ同士。年齢も近く、それなりに親交があるという。

「父は、今日も家を空けると聞いているが？」

藤矢は冷静だった。調子を崩したのは一瞬で、それでさえ雪音は、繋いだ指先から感じ取っただけだった。

「そんなはずないわ。昨夜お電話したもの。ほら、私の父から頼まれものもあるし」

そう言って、涼乃は小さな風呂敷《ふろしき》包みを取り出した。手土産の菓子のような雰囲気だ。

近隣に住まう親類同士であれば、一般的にはそうおかしな距離感ではないだろうけれど。

（お義父《とう》さんと藤矢さんは、とにかく不仲のはず……）

このまま涼乃に同行すれば、藤矢と義父が鉢合わせする可能性がある。

「ね？　一緒に車に乗っていいかしら？」

涼乃はきょろきょろと周囲を見回す。藤矢の迎えが来ているはず、と踏んでいるのだ。

(奇遇というか……待ってたってことだよね)

偶然を装ったことには、何かしらの意図があるのかもしれない。それなら——

「では浮ヶ谷先輩。私と一緒に、バスに乗りましょう」

「はっ？　バス？」

指先にぐっと力を入れ、藤矢の手を解く。状況に油断していたのか、今度は成功した。

「藤矢さんは、私をバス停まで送ってくれるところだったんですよ」

困惑する涼乃に駆け寄り、藤矢と目を合わせる。

「これから予定があるから、一緒に帰れないんですよね？」

雪音の意図を察し、藤矢は一瞬だけ眉《まゆ》をひそめる。が、涼乃がそれに気づくより先に、

「残念なことに」と苦笑いに変えて見せた。

「じゃあ雪音。浮ヶ谷さんをよろしく」

「え、ちょっ、藤矢く……わっ」

再び、花吹雪が舞い上がった。渦を巻いた花弁たちが、藤矢の姿を覆い隠してしまう。

自然の風ではなく、藤矢が神力で起こした風。

雪音は薄目を開けて、それを眺めていた。薄桃色に煙る視界から、藤矢の静かな声だ

けが聞こえた。

「気をつけて」

意味深な物言いは、雪音にだけ届いたもの。

(浮ケ谷先輩は藤矢さんに好意的だけど、対立しているお義父さんとも付き合いがある……どういう立ち位置の人なのか、知っておいた方がいいよね)

花吹雪が収束したあとの涼乃は、いかにもむすっとした表情を浮かべるばかり。とは言え立ち去る素振りを見せないため、本当に義父を訪ねるつもりではあるらしい。

「えっ、本当にバスで?」

「はい。バス停はもうすぐそこです」

途端、涼乃は嘲《あざけ》るように笑った。

「ふふ、雪音さんって、車も用意してもらえないの?」

「……もったいないですから」

「ふーん。なら仕方ないわねぇ」

実際は登下校問わず、雪音専用の送迎車と運転手が用意されているのだが、敢《あ》えて使っていないのだ。だがそれを素直に伝えると、また涼乃の逆鱗《げきりん》に触れそうで。

(お義父さんはともかく、他の御景家の人に嫌われるのは、できるだけ避けておきたい)

幸いすぐにバスが到着したため、二人はそろって乗り込む。乗客はまばらで、後方の席に並んで座った。

（何か話したいけど、話題……都会のバスって、先払いなんですね、とか……？）

「学校、楽しい？」

涼乃の方から、そう話を振られた。雪音の方を見て、目を合わせ、にこやかに。

「……はい」

「ええ～？　ほんとに？」

「はい、楽しいです」

「お友達がひとりもいないのに？」

「……まだ入学して一週間、ですから」

「時間が経てば経つほど、お友達って作りにくくなると思うわ。雪音さんの場合は特に」

窓側に座る涼乃が、外に目をやった。雪音や涼乃と、ほとんど同じ制服を着たグループが通り過ぎていく。

「私も経験したことがないから、想像だけれど。長居すればするほど、雪音さんは特格科では浮いちゃうんじゃないかしら」

開學院高校は神道系の学校で、一般科と特格科の二つの学科がある。

雪音や藤矢、涼乃らが在籍する特格科は、表向きには学業優秀者向けの特別コースとされているが、実態は特格神社の後継者を育成するコースだ。入学試験に特殊な細工が施されており、一定以上の神力を持つ者だけが、特格科に合格する。

「あ、もう浮いてしまっているから、お友達がいないのよね。私雪音さんのクラスに、中等部から仲良しの後輩がいるの。教えてもらったんだぁ」

特格科は学年に二クラスしかない上、半分は一貫校上がりで中等部からの付き合いだ。特殊な世界の関係者たちのため、そもそも共通する話題や目的意識があり、既に大半の生徒たちが打ち解け合っている。

（いいなあ、仲良しの後輩……）

涼乃の嫌味にも傷ついているが、それ以上に羨《うらや》ましかった。

（友達、ほしいなあ……！）

入学して一週間。雪音はすべてのクラスメイトから、徹底的に避けられている。話しかけられないどころではなく、話しかければそそくさと逃げられてしまうのだ。露骨に無視をする生徒もいる。移動教室も昼食もひとりきりである。

「お友達作れないと、高校って苦しいわよねぇ。特格科はグループワークも多いし」

「で、すよね」

「雪音さんって、今までお友達多かったタイプでしょう？　地元に仲良しの子がたくさんいそうだわ」

確かに、雪音は昔から友達が多い方だった。

明るくてお喋《しゃべ》りな性格だし、人見知りもしない。中学までは生徒数の少ない田舎の学校だったこともあり、通学路のどこで誰と出くわしても、手を振って言葉を交わした。

新学期や席替えは、雪音にとってはいつだって心躍るイベントだった。

「地元に帰られたら？」

車内アナウンスにかぶって、涼乃が言う。甘やかな声色に不釣り合いな、じっとりとした口調だった。

「あなたのために言ってるのよ？　分不相応って恥ずかしいもの」

景色から目を離し、雪音を振り向く。涼乃の背景には、窓いっぱいに御景の土地が広がっている。

（それでも帰るわけにはいかない……って、先輩に言えるわけじゃないしな）

考え込んでいるうちに、目的のバス停に着いてしまった。ここから数駅は御景神社の敷地沿いだが、表通りから本邸にアクセスするには、ここが最も近い。

「ん～っ、やっぱり本家は落ち着くわ～」

わざとらしく伸びをしたあと、涼乃は辺りをきょろきょろ見渡し、

「それで、どっちに行けばいいのかしら？」

と小首を傾げる。どうやら本当に、バスで足を運んだことがないらしい。

「お義父《とう》さんは、もしかしたら本殿の方かもしれませんが……」

「本邸でお願い」

雪音の言葉を遮って、涼乃が闇雲に歩き出そうとするので、慌てて先導した。雪音ひとりであれば獣道を通って最短ルートで進むのだが、それでは涼乃にも負担だろうと、

敢えて遠回りをする。

「相変わらず、迷路みたいなところね」

「慣れないと迷いますよね」

「ふふ、面白いこと言うのねぇ。雪音さんがずっとここで暮らしてるみたい。すぐにいなくなるでしょうに」

「あ、あはは」

「不釣り合いな場所にいると、居心地が悪いでしょう。本人も、周囲も」

「……そうですね」

「雪音さんがいることで、周囲の人に迷惑がかかることもあるのよ」

「気をつけます」

「もうっ。気をつけてどうにかなるのかしら」

春の夕暮れらしい、爽《さわ》やかな風が吹く。手入れされた木々が葉を鳴らし、花々は甘い香りで鼻腔《びこう》をくすぐってくる。

静かだった。誰ともすれ違わない。

敷地内には百人を超える関係者が暮らしているが、本邸の付近は建物も少なく、大抵はこのように、人の気配すらないのだった。

「はぁ〜っ、やっと着いたわぁ」

玄関に立つと、引き戸の磨《すり》ガラスの向こうに人影があった。顔立ちまでは分からないが、服装は全身白。背丈のほどからして、玄関ホールに膝《ひざ》をついている。

「雪音様。お帰りなさいまし」

「小瑠璃《こるり》さん。ただいま帰りました」

人影の正体、三指を立てて出迎えてくれたのは、家政婦の小瑠璃だ。

年齢を尋ねたことはないが、雪音の祖母ほどの年齢に見える。いつも色無地の紬《つむぎ》をまとっている着物美人で、今日は紬の上に、真っ白な割烹着《かっぽうぎ》を着用している。

彼女はいつもとにかく慇懃《いんぎん》に振る舞ってくれる。ただでさえ人にかしずかれることに慣れていない雪音は、申し訳ない気持ちになることさえあるほどだ。

「あの、小瑠璃さん。他のお仕事もあるでしょうし、いつもこんなに丁寧にお出迎えしてくださらなくても大丈夫ですよ」

雪音は三和土《たたき》にしゃがみ込み、小瑠璃と視線を合わせる。

「お気遣い痛み入ります。けれども、わたくしは使用人でございますから」

「私にとっては目上の人です」

「ただ年寄りなだけでございます。若奥様こそが、目上の方にございます」

「若奥様って……そんな」

「ねえ」

ふいに、涼乃の冷ややかな声がした。

「客人を待たせてどういうつもり？」

腕を組み、ローファーのつま先をぱたんぱたんと鳴らしながら、不機嫌そうに睨《にら》みつけてくる。

「あ、すみませ……」

「申し訳ありません。浮ケ谷のお嬢様」

雪音より早く、小瑠璃が頭を下げた。深く深く、額を地面に擦《こす》りつけるように。

「ちょっと、小瑠璃さん……！」

いよいよ慌てた。これでは土下座だ。そこまですることはない。

だが涼乃の方は、突然に楽しげな顔になった。

「も〜……言わんこっちゃないというやつだわ、雪音さん。なんて失礼なお出迎えかしら」

にいっと口元を吊《つ》り上げ、涼乃が玄関の敷居を跨《また》ぐ。

「使用人の躾《しつけ》もできないのね」

そして手持ちの革鞄《かわかばん》を、あろうことか小瑠璃の頭上に落としたのだ。

「……!?」

鈍い殴打音がしたが、小瑠璃は声ひとつ上げずに耐えている。この音は、鞄にそれなりに荷物が入っていた音だ。きっと痛みもあっただろうに。

「何するんですか……！」

雪音は頭にカッと血が昇ったが、冷静に努めた。涼乃を睨みつけ、小瑠璃の体を抱き起こす。

「何よ、その顔」

靴を持ち上げながら、涼乃は目を眇《すが》めた。

開け放したままの玄関から、生ぬるい風が吹きこんでくる。

「教育してあげてるんじゃない。手駒を使うのが下手だと苦労するわよ」

「手駒って……小瑠璃さんは家政婦さんです。未熟な私のお世話をしてくださってるだけで」

「家政婦だって御景の人間なのよ。上下関係があるの。下が上に逆らうのは許されないわ」

「だから下とか上とかじゃなくて……」

「あなたにも言ってるのよ、雪音さん」

バチン、と乾いた音が鳴った。

涼乃の平手に頬を打たれたのだと、自覚するまで少し時間がかかった。

「あなたも自分の身分を弁《わきま》えなさいな」

呆然《ぼうぜん》とする雪音を見下ろし、涼乃は上品に微笑んで見せる。

「禍津神のお手付きの分際で、浮ケ谷分社に無礼だわ」

今更驚きはしなかった。六出神社が早梅に襲撃された件は、御景家内部では広く知られた話だった。とても不名誉で、穢《けが》らわしい物事として。

「私ね、あなたみたいな人に、御景家を食い潰《つぶ》されるなんて我慢できないの」

「…………」

「田舎にお帰りになるなら、せめてマナーのひとつも覚えておくといいわ」

そう言って、涼乃は自らの足元を指さした。

「三つ指つけて、謝罪する作法はご存知かしら?」

「……土下座ですか」

「野蛮な呼び方をするのね」

小瑠璃が「雪音様」と、囁《ささや》くような声で止めてくるが、雪音はささやかに首を振り返し、涼乃の方に向き直る。

「ふふ、お似合いよ」

むき出しの膝に、玄関の石畳はひんやりと冷たい。正座をして見上げれば、涼乃は楽しげな笑みを浮かべた。

「顔を擦りつけて、許しを請うてごらんなさいな。口答えをしてごめんなさいって」

涼乃の怒りの根源は、口答えひとつに留《とど》まらない気がした。そもそも雪音の存在自体にも苛《いら》立《だ》っているように思える。

「集中しなさいよ」

「あ……っ」

指先に痛みが走った。つま先で踏まれている。

「謝罪中によそ見をするなんて、無礼者のすることよ」

「……ぅ」

ぐりぐりと力を込められる。微《かす》かな呻《うめ》きが零《こぼ》れかけたとき――

「いーやいやいや、どう見ても無礼なのそっちでしょ」

聞き覚えのある、軽やかな声が降ってきた。

「燕さん……」

いつかと同じ、昇り龍《りゅう》のスカジャン。長い三つ編み。にこやかな笑みを浮かべた燕が、雪音の前にしゃがみ込んでいた。

「さ、佐渡くん……！」

「はーい、足どけてー」

燕はノックでもするように、涼乃のローファーを叩《たた》く。慌てた涼乃は、弾《はじ》かれたように足を離して後ずさった。

「ちっ、違うの！」

解放された雪音の指先を、燕が握る。確かめるように押したり撫《な》でたりして、

「ん、折れてないし腫《は》れてない。痛いとこは？」

「い、いえ」

「あっ、当たり前よ、全然力なんて入れてないもの！」

燕は「よっこいしょ」と腰を上げ、涼乃を振り返った。長身の男に見下ろされたから

か、彼女は青ざめ、肩をビクつかせる。

「虫」

「えっ」

「虫がいたんでしょ？　お嬢の手元に。それを潰してたんだよね？」

そう言って、燕は涼乃にぐっと顔を寄せた。

「そういうことにしとこうか、今日のところは」

「……っ、でもあの子は、禍津神《まがつかみ》の」

「お互いにさぁ、その方が良くない？」

燕の声は、終始にこやかだった。背を向けられているため、雪音から表情は見えなかったけれど。

「ここ総本社だよ。分社とは事情が違うって」

「……っ」

「いま大人になってくれるなら、藤矢くんには黙っといてあげる」

涼乃は顔を真っ赤にして、下唇を噛《か》む。思い残しを飲み込むように、僅《わず》かな時間だけ黙り込んで、

「～ッ、帰るわ！」

「はいはい、ごきげんよ～」

ひったくるように鞄を摑《つか》み、本邸を出て行こうとする。

「ご、ごきげんよう！」

慌てて声をかけた雪音を、涼乃は憎々しげに一瞥《いちべつ》し、何も言わずに立ち去ってしまった。

「……っ、小瑠璃さん、大丈夫でしたか？」

涼乃の姿が見えなくなった瞬間、雪音は小瑠璃に飛びついた。

「雪音様、わたくしは」

「首、首を見せてください。痛いところはありませんか？　むちうちとかなっていないといいんですけど……！」

幸い小瑠璃の首元や後頭部に、目立った傷はない。あちこち触れても、腫れ上がった部分は見つからなかった。

「雪音様」

小瑠璃は、なだめるような声で雪音を呼ぶ。

「雪音様の御加減は、いかがであられますか」

「私は大丈夫です。燕さんがどかしてくれましたし……」

「……そうですか。ご無事で何よりでございました」

「いや、私よりも……」

「頑張ったね、お嬢～！」

燕は笑いながら、雪音の髪をぐしゃぐしゃと撫で回してきた。

「わっ」

「燕！　無礼ですよ！」

「いや怒鳴らないでよ。あのワガママ姫を追い払ったお祝いでしょ」

「あなたとお嬢様方は立場が違うのです。わきまえなさい」

ふいに空気が変わった。小瑠璃が居住まいを正し、真剣な眼差《まなざ》しで雪音を見据えた。

「雪音様。わたくしも燕も、あなた方の使用人です。今後はわたくしどもが多少ぞんざいな扱いを受けたとしても、どうかお流しくださいませ」

雪音は思わず首を振る。

「あんな暴力的な態度を、許すなんて……」

「それでも耐えてくださいませ。涼乃様に限らず、御景一族の敵意を買っては、藤矢様もお困りになります」

「……っ、それは」

「ご承知おきください。藤矢様の御景内の立ち位置が変わるということは、藤矢様の派閥の者の、行く末にも関わります」

途端、「間違ったことはしていない」と思っていた自信も、すさまじい勢いで萎《しぼ》んでしまう。

（私……迂闊《うかつ》だったんだ）

すうっと全身が冷える。もっと他の手段があったのかもしれない。

――派閥の者の、行く末にも関わります。

そうだ、その通りだと思う。藤矢も燕も小瑠璃も、皆が皆雪音よりずっと長く、御景家内部の争いで心身を削っているのだ。彼らが必死に耐え忍んできたものを、雪音が壊して良いはずがない。

(浮ケ谷先輩とうまくやらなくちゃいけなかったのに……)

湧き上がる情けなさと恥ずかしさで、思わず視線を伏せた。

(大体あのまま指を怪我していたら、縁切りの剣舞にだって差し障ったわけで……私はどうしてこう、目の前のことばかり……)

項垂《うなだ》れて黙り込んでしまう雪音の頭を、燕がぽんと軽く撫でた。

「別に、お嬢がそこまで気にすることじゃないよ」

「え、あ……」

「カビ臭い一族の、ドロドロした時代遅れの人間関係なんか蹴《け》っ飛ばしてやろうよ。気に入らない親族は、片っ端からボコボコにしていく!」

にわかには信じがたい言われように、雪音は思わず目を瞬《しばた》かせた。

「そういうわけには……いかないのでは……?」

「どうして?」

「どうして、って……藤矢さんの、足手まといになります、から」

雪音はどうにか紡ぎ出しながら、燕の目をじっと見つめる。

「ふーん」

燕もまた、じっと見下ろしてくる。相変わらず口角は綺麗《きれい》に上がっているけれど……

その瞳《ひとみ》に宿る光は、冴《さ》え冴《ざ》えとしたものだった。

緊張する。見定められているのだ。思わずごくりと生唾《なまつば》を飲む。

「っ、はははははっ！」

ほどなく、燕の爆笑で沈黙が破られた。

「まー、そうだよね！　親族ボコボコにする婚約者なんてダメだよね〜」

「で、ですよねえ？」

燕は目尻《めじり》にうっすら涙を浮かべ、大笑いを続けている。その真意は理解できないけれど、少なくとも悪意は感じられない。

それなのに、肩の力が抜けないのはなぜだろう。

「燕」

ため息と共に、鋭い声がする。成り行きを見守っていた小瑠璃が、いよいよ堪忍袋の緒が切れたとばかりに、燕を睨《にら》みつけていた。

「……はいはい」

燕が両手を掲げ、降参のポーズを取る。

（小瑠璃さんの方が強いんだ）

思えばこの三人が一堂に会すのは初めてだ。複雑な状態にある御景家の内部において、藤矢の近くに置かれている人物は限られている。彼らの関係性について、雪音はほとんど把握していない。

「で、浮ケ谷の悪さは済んだの？」

開け放たれたままだった引き戸を、燕がガラガラと閉める。

「お義父《とう》さんに用事があるって言っていました。浮ケ谷先輩のお父さんから、頼まれものをしたとかで……あ」

下駄箱の上に、涼乃が抱えていた風呂敷《ふろしき》包みが置きっぱなしになっている。

「……忘れていっちゃいましたね」

「ん。じゃあ回収してくよ」

ひょいっと包みを持ち上げる燕を、今度は小瑠璃も止めなかった。

「じゃあ俺はこれで。あとで塩撒《ま》いときなね」

「あはは」

冗談だと思い込んで笑っていたら、燕は浄《きよ》め塩の小袋をくれて去っていった。

「……お義父さん、母屋に戻られる予定だったんでしょうか」

「いえ、旦那《だんな》様は本日も外泊とうかがっております」

「じゃあ、浮ケ谷先輩は……」

「どうにかご当主と接触する機会をうかがっておられるのでしょう。わたくしには図りかねるものがございますが」

どこか含みのある物言いに、もう少し深掘りをしたい気持ちが湧き上がったが、ぐぅ～という低い音で遮られた。否、遮ってしまった。

「お夕食にいたしましょう」

「すみません……」

羞恥《しゅうち》に頬を赤らめながら、雪音は自らの腹を押さえる。

「間もなく仕上がりますので」

「いつも美味《おい》しいごはんをありがとうございます、小瑠璃さん」

小瑠璃は恭しくお辞儀をして、台所に消えていく。

(立場に応じた振る舞いは、私の課題なんだけど……お礼を言ったらだめってことには、ならないよね？)

小瑠璃は通いの家政婦だが、翌朝の朝食や、弁当のおかずまでこしらえていってくれる。雪音が軽く温めるだけで、美味しい食事が食べられる。

(誰かが気にかけてくれてるってことが分かるのは、嬉《うれ》しいことだし……)

ほどなくして台所から、小瑠璃が調理を再開した音が聞こえてくる。

油がはねる音。味噌《みそ》と出汁《だし》の匂いも漂う。夕暮れの優しい気配が、こわばっていた内側を穏やかにほぐしていく。

涼乃を追い払って本邸を出た燕は、そのまま自宅に戻った。

彼が暮らす離れは、群生するドウダンツツジに紛れるように建つ。木に登り獣道を駆使すれば、本邸からは一分もかからない。

「ただーいまー」

大きく呼びかけても返事はないが、燕は迷いなく寝室に向かった。藤矢はこういうとき、大抵ここにいる。

「おかえり」

襖《ふすま》を開くと、柔らかな風が頬を撫《な》でた。窓が開け放たれ、縁側に腰を下ろす後ろ姿が見える。

「どうだった？」

藤矢が振り向く前に、燕はその隣に腰を下ろした。縁側の敷板がぎしりと鳴る。

「浮ケ谷姫は帰ったよ。ぷんすかしてた」

「彼女は一体何の目的で？」

「手土産持って、大宮司に会いに来たらしいわ。突撃だね、アポ取ったっつーけど、押しかけ宣言しただけだろうな～」

燕は回収してきた風呂敷包みを藤矢に渡した。

雪音と涼乃の揉《も》めごとについては、敢《あ》えて詳しい報告はしないでおく。わざわざ藤矢の耳に入れて、彼の負担を増やすべきではないと思った。

「浮ケ谷家か。まだまだ粘るだろうな」

藤矢はため息をつきもせず、湯呑《ゆの》みから茶を啜《すす》る。この家に入り浸ることが多いため、勝手に茶くらい淹《い》れてしまうのだ。

「そりゃ必死だよ。金と政治の力で名家ぶってはいるけどさぁ、浮ケ谷なんかここ数代、強い術者を出せてないもん」

「父上はその『金と政治の力』が欲しいんだろう」

「ウィンウィンかー」

御景神社の分社としては歴史も長く、名も知られている浮ケ谷家。

古くから氏子に政治家を抱え、早々から不動産投資に積極的だった。涼乃の父である現宮司も、地元の名士として知られている。

一方で、特格神社の神職としては決して強い力を持つわけではない。

一人娘の涼乃も同様。ただし彼らは、自身らの凡庸さを客観視し、策を講じている。

藤矢たち本家筋とのコネクション作りもその一環なのだ。

「血筋欲しさにどこまでやるのかねえ」

燕が大げさに顔を歪《ゆが》める横で、藤矢は涼乃の風呂敷包みをほどく。

「蠟詠堂の練りきり……」

「うわ、露骨だね」

　一見さんお断りの老舗和菓子店である。御景家は春先のお茶会で、毎年特製の上生菓子を作らせる。甘いものはあまり口にしない現大宮司が、以前珍しく褒めていたのを、しっかりと記憶していたのだろう。

「どうする？　お茶新しいの淹れよっか？」

「食べるわけないだろうが。処分してくれ」

「はは、大宮司が食うかもしれないのに毒は盛らないんじゃない？」

「どうだかな」

箱の中には、桜や鶯《うぐいす》など春の自然をかたどった練りきりが、行儀よく並べられている。

「可哀想にねえ、お前たち」

ひとつを指先で持ち上げ、燕は物憂げに声をかけた。

「お嬢なんかに買ってもらったら、きゃあきゃあ喜んでくれただろうに」

「菓子に話しかけるな。彼女は？」

「ああ、息災だったよ。小瑠璃ばーちゃんとも上手《うま》くやってるし、浮ケ谷ごときにどうこうされないって」

燕は縁側に放置されていた下駄を履き、縁側から腰を上げた。練りきりの箱を持ち、中庭を大股《おおまた》で数歩進む。

「改めて、藤矢くんの人事にはあっぱれだなー」

「……どういう意味だ」

「祖母を亡くしたお嬢に、似たような歳の家政婦。気持ちのいい人事だよね」

「何か文句があるか？」

「なーいよ」

燕は笑いながら、菓子箱を容赦なく逆さにした。夕方のしっとりとした土の上に、カラフルな練りきりが、花でも咲いたように散らばる。

「ちゃんとゴミ箱に捨てろよ。虫が湧く」

「蟻さんに御供えもの」

「正気か……？」

「毒なら蟻の死骸で分かるしさ」

空箱を弄《もてあそ》びながら、燕は再び縁側に腰を下ろす。

「……ねえ、藤矢くん。お嬢をこんなのびのびさせといていいわけ？」

頬杖《ほおづえ》を突き、藤矢を見やる燕。その顔からはいつの間にか笑みが消えている。

一方の藤矢は、まるで表情を変えないまま、庭先の練りきりの花を見つめている。

「俺はさ、禍津《まがつ》神《かみ》派がやたら静かなのが気になるよ。早梅だって、お嬢を迎えに行くとか宣言したのに、これだけ音沙汰《おとさた》なしだよ？」

「……………」

「あれだけ露骨に、マーキングしといてさ」

藤矢の片眉《かたまゆ》が、ピクリと反応する。

「いくら御景の結界の中にいたって、早梅がお嬢につけた『目印』は消えない」

先刻、涼乃が言い放った暴言の数々を、燕も聞いていた。どれも下劣だが、まるで無根拠なものばかりでもなかったのだ。

例えば『禍津神のお手付き』という言葉。

早梅は雪音に接触した際、雪音に目印をつけている。雪音本人はまだ自覚できてはいないが、ある程度の神力を持つ者であれば嫌でも気づくだろう。瘴気《しょうき》の種を、体に埋め込まれているようなものだ。

「ねえ、今が台風の目でしょ。お嬢のことどうにかしなよ」

燕は僅《わず》かに苛立《いらだ》っていた。

「可哀想だけど、結界の中に幽閉しておくとかさ。危なっかしいよ。あれじゃ藤矢くんの縁を切る前に、誰かに殺されちゃうって」

比喩《ひゆ》のつもりはなかった。現在の御景家内部には、自分たちの利益のために、人の命を奪えるような人間がごろごろしているのだ。

だが藤矢が、首を縦に振ることはなく。

「大丈夫だろ。あの子、そう簡単に死ななそうだし」

「いーや甘い。負けん気が強い女に限って、空回ってぽっきり折れるもんだよ」

「大丈夫だ。近いうちに先生の授業が始まるから」

それを聞いて、燕は少しだけ硬直した。そして納得する。藤矢が悠然と構えているのには、ちゃんと根拠があったのだ。

先生。先日、藤矢が直々に迎えに行った重要人物だ。

「先生か～。それはまあ、お任せしとけばいいかもね」

「だろう」

「……ん？　藤矢くんどっか行くの？」

気付けば藤矢は湯呑みを置き、荷物をまとめていた。

「拝殿を見てくるよ。夕勤めもあるし、一応大宮司の動向を見張っておく」

「あー、じゃあ俺も行く。待って、秒で支度するから」

網戸を閉じ、窓を施錠する。いつの間にか、陽が随分傾いていた。

「ちなみになんだけど、浮ケ谷が本当におっさんと約束してたらどうする？」

「どうって？」

「『今夜は久しぶりに本邸で過ごす』とか言い出したらどうするの、ってこと」

藤矢がぴたりと動きを止めた。

藤矢の父は、本邸にほとんど寄り付かない。複数ある別邸に出入りしている。

雪音とは一度も顔を合わせていないそうだから、裏取引のある婚約であることも悟られていないようだけれど。

「さすがにおっさんの前だったら、お嬢と婚約者っぽく振る舞わないとだよね？」

「まあ、そうなるだろうが」

「一緒に夫婦の寝室で寝られる？」

「…………」

「頑張れ藤矢くん！　男を見せろ！」

恐ろしく鋭い目つきで睨《にら》まれた。


夕勤めを終えた藤矢が本邸に帰るころには、辺りは暗くなっていた。

「藤矢さん、お帰りなさい」

黙って玄関をくぐったのに、その音を聞きつけた雪音が顔を出す。帰宅して随分立つだろうに、未《いま》だ制服姿のままだった。

「小瑠璃は？」

「さっき帰られました。お夕飯にしませんか？」

同時に、雪音の腹がぐうぅ～と盛大に鳴った。

「すっ、すみません……！　もう鳴りグセがついてしまって！」

真っ赤になって俯《うつむ》く雪音を見て、藤矢はつい笑ってしまった。

普段、朝も夜も食事は別々に取っている。藤矢は神社への奉職時間が長いため、二人の生活はどうしてもすれ違ってしまうのだ。

「待たなくていいのに」

「いえ今日は、お話ししたいこともありましたし」

藤矢にとっては、分かるような分からないような理屈だった。涼乃との一件について報告をしたいのだろうが、そのために一緒に食卓を囲む必要はあるのだろうか。

「すぐお味噌《みそ》汁温めますね。今夜は厚揚げと春キャベツだそうですよ～」

温かな匂いが満ちた台所と、二人分の食器が並んだテーブルは新鮮だ。

藤矢は食事にこだわりがなく、日中はゼリー飲料やエネルギーバーなどで済ませてしまいがちだ。有力者との会食で、味気ない膳《ぜん》を前にすることはあるが、こうして自宅のテーブルで、飾り気のない食事を取るのは珍しい。

「………………」

台所で味噌汁をよそう雪音の背中は、どこか楽しげだ。まとめた後ろ髪を揺らし、鼻歌まで口ずさんでいる。

「雪音」

「はい！」

「何かいいことでもあったのか？」

「？　そう見えますか？」

「ああ。浮き浮きして見える」

首だけで振り向いていた雪音が、味噌汁の椀《わん》を片手に照れくさそうに言う。

「これからいいことが起きるとは思います。藤矢さんとご飯が食べられますから」

「………………」

「あ、でも、ちゃんとします。涼乃さんとお話ししたこととか、伝えなくちゃいけないですもんね」

「……ああ、うん。そうだったな」

驚きで、一瞬返事に詰まる。

一緒にご飯を食べられて嬉《うれ》しい。藤矢はそんなことを言われ慣れていない。日々どこかしらの誰かしらから「ご一緒できて光栄です」といった類《たぐい》のセリフを並べられているはずなのだが、今のは何かが違う。

元より彼女が、人懐っこい性格であることは把握している。だが相手は、他でもない藤矢だ。どうして「一緒に食事ができて嬉しい」などと無邪気に言えるのか、他でもない藤矢自身が混乱してしまう。

「どうぞ、藤矢さんの分です」

「ああ、ありがとう……多いな？」

「あっ、すみません、つい。弟がモリモリ食べる子で。藤矢さんって小食ですか……？」

「……いや。このぐらいは食べられる」

なぜかムッとした気持ちになり、雪音がよそった山のような白米をそのまま受け取った。雪音の茶碗《ちゃわん》にもこんもりと盛られていた手前、減らしてほしいと言いたくない。

「カツオの竜田揚げと、コゴミのおひたしだそうです！」

「君の好物？」

「はい。ちょうど今日、山菜に思いをはせていたところで……」

そうして雪音は、故郷で採れる山菜の美味しさを熱弁する。さらには山菜泥棒を捕まえたエピソードや、家族が作る山菜料理のレシピなども、時折遠くを見るような目で語った。

（……拍子抜けした）

あまりにも平穏なひとときだ。溶かした飴《あめ》の底のような、甘く穏やかなもので満ち満ちたような空気。

郷愁をくすぐられはするが、浸りきれるほど藤矢は子どもでもなかった。「調子が狂うな」と思いながら、コゴミのおひたしを咀嚼《そしゃく》する。山菜ならではのぬめりけの向こうに、微《かす》かな苦みを感じた。


その晩、雪音はとても穏やかな気持ちで布団に潜り込んだ。

（こんなにご飯が美味《おい》しかったの、久しぶりかも）

無論、小瑠璃の料理はいつも美味しい。季節の食材を丁寧に調理してくれるため、お腹も心も健やかになる。だが藤矢と囲む食卓には、また別の魅力があったのだ。

「……月が綺麗《きれい》」

カーテンの隙間から空を見上げる。丸いケーキを真ん中で切り分けたような半月。右半分だけが輝いて見える、上弦の月。

「おやすみなさい」

目を閉じる。ほどなく眠りに落ちていく。


——そうして、夢を見た。

雪音は幼い子どもだ。それを不思議には思わない。夢の中特有のふわふわとした曖昧《あいまい》なものが、違和感を包み隠している。

辺りは真っ白だ。雪音は緋《ひ》と白の袴姿《はかますがた》。歩くとシャラシャラ音が鳴る。子ども用の神楽《かぐら》舞衣装で、両手に持った神楽鈴が鳴っているのだ。

『雪音、雪音』

装束の祖母が手招きをしている。祖母は例大祭用の正装。普段は触れるのもはばかられるほど上等な仕立ての衣装だが、雪音は勢いをつけて抱き着いた。

『おばあちゃん！』

花や香木の匂い。清らかで懐深い、祖母そのもののような懐かしい匂いをめいっぱいに吸い込む。

そうだ、この真っ白な景色は、六出の山の雪化粧だ。

『上手に舞えるようになったねえ』

『うん！』

思い出す。祖母は雪音の舞を、いつも褒めてくれた。子ども神楽はすぐに上手になった。神職の舞ではないけれど、巫女《みこ》舞だってマスターしている。練習を欠かしたことはない。だって楽しかったから。誇らしかったから。

『剣舞はどうかなー？』

『え？』

『縁切りの剣舞は、上手に舞えるようになったー？』

装束から顔を離し、祖母を見上げる。

いつもの優しい微笑みだ。ぴくりとも揺らがない。不自然なほどに。

『縁切りの剣舞は、上手に舞えるかなー？』

祖母の口は開いていないのに、どこかから声がする。ぎょっとして離れようとしたが、体が動かない。

『い、痛いよ』

祖母の皺《しわ》だらけの指先が、ぎりりと食い込むほど強い力で、雪音の腕を握っている。

『痛い、痛いよおばあちゃ』

『おばあちゃんも、痛かったよーーー』

祖母の目尻《めじり》から、真っ赤な血が滴り落ちる。口元からも。指先からも、血が滲《にじ》む。

装束が赤黒く染まっていく。

『おばあちゃん！　おばあちゃん！』

生臭い血液の匂いが、祖母の澄んだ香りを覆い隠していく。祖母の皮膚や肉が腐り落ち、ひび割れた骨に変わっていく。

これは夢ではない。記憶が混じっている。反芻《はんすう》。

――あの雪の日の、六出神社の回想だ。

いつの間にか雪音は、あの殺伐とした風景の中にいた。狛狼《こまおおかみ》像も手水舎《ちょうずや》も御神木も、滅茶苦茶になって倒れている。瓦礫《がれき》と倒木の中心に、狼星を構えた祖母がいる。

『神域から出て行きなさい』

狼星の鋒《きっさき》が向けられた先には、早梅が立っていた。あの世の闇をすべて凝固したような、禍々《まがまが》しい気配を纏《まと》っている。

『お断りです』

あの日のやり取りだ。動けない雪音を祖母が庇《かば》い、早梅と対峙《たいじ》していたときの。

『おれはあなたたち雪の神職を、一人残らず殺します』

『その必要はありません。あなたはその願いを叶《かな》える義務はないのです』

祖母が何を言っているのか、あのときの雪音にはよく分からなかった。そもそも言葉自体も途切れ途切れにしか聞こえなかった。吹雪はいよいよ激しさを増していたし、ひどい耳鳴りもしていたから。

『おれは、おれを祀《まつ》る人たちの願いを聞いているだけですよ』

『神が人に隷属するというのですか』

早梅は目を丸くする。そして腑《ふ》に落ちたと言わんばかりの表情を浮かべた。

『そうですね。神様は所詮《しょせん》、人間の奴隷なのかもしれません』

『嘆かわしい……そのような悪縁は、私が断ち切ってしまいましょう』

祖母が柄《つか》を握り直す。見覚えのある姿勢に直る。

ああこれは、そうだ。剣舞の構えだ。記憶にかかっていたフィルターが、ゆっくりと剝《は》がれ落ちていく。

あのときの祖母は、縁切りの儀式を行おうとしていたのだ。早梅と何かを結ぶ縁を切ろうとして、それで……

『雪音』

すべての明かりが消えたように、辺りが真っ暗になる。

雪景色が何もかも見えなくなった。雪音はただ一人きり、暗闇に立ちつくしていた。

『逃げなさい』

祖母の声がする。声だけがする。暗転の直前、早梅によって無残にも殺された祖母の、最期の声がする。

『逃げなさい、雪音。逃げなさい！』

雪音は弾《はじ》かれたように走り出す。

『はあっ、はあっ、はあ……っ』

生臭い。死臭に満ちた、黄泉路《よみじ》のような場所をただただ闇雲に走る。逃げている。背後に気配があるのだ。祖母ではない誰かの。

怖い。足音はしないが、追いかけられている。

寒い。気づけば裸足《はだし》だった。痛い。怖い。

『あっ』

ついに足がもつれ、その場に倒れ込む。

『見つけましたよ』

視界に、闇より黒い足。雪景色を墨汁で一筆なぞったような、深く暗い影。

『見つけましたよ、雪音』

光のない瞳《ひとみ》で、早梅が雪音を見下ろしている。

その手が伸びて、雪音の首を絞める。

苦しい。息が出来ない。怖い。でも何も出来ない。

もうダメだ――

「雪音っ！」

ハッと目を開けると、薄暗い天井を背景に、誰かが雪音を見下ろしていた。

「藤矢さん……？」

かすれた声で名前を呼ぶと、藤矢は吐息混じりに「よかった」と漏らす。

「ここ、は」

呼吸が浅く、冷や汗が滲んでいる。喉元《のどもと》にリアルな手の感触があって、思わず指を這《は》わせ、確かめてしまう。渇いた喉《のど》から、ひゅうと隙間風のような音がする。

「わたし……」

「うなされていた。悪い夢でも見たか？」

片手にぎゅっと力が込められている。ようやく藤矢が手を握ってくれていたのだと気づき、全身からどっと力が抜けた。

「夢……？」

藤矢は雪音の背に手をやり、ベッドから抱き起こしてくれる。そのまま背中をゆっくり撫《な》でられているうちに、不穏な動悸《どうき》が収まって、息苦しさも緩和されてきた。

「水を持ってこようか」

そう言って、藤矢は雪音から手を離し、腰を浮かせた。

「あ……」

思わず藤矢の裾《すそ》を引っぱってしまった。

れる。

「行かないで、ここにいてください……」

きょとんと目を丸くしていた藤矢が、やがて黙って頷《うなず》くと、その場に腰を下ろしてくれる。

「…………」

「行かないで」

ほっと安心したのが、表情にも出ていたのだろう。藤矢はシーツに投げ出されていた雪音の手をきゅっと握ってくれた。

「ここにいる」

握られた指先や頬が、にわかに熱を帯びていく。ふわふわの毛布にくるまれたような、ほど良い温度の湯船に浸《つ》かったような、心地良さがじんわりと広がっていく。

「横になるといい」

促されるまま横になった。藤矢はベッドサイドに腰掛けたまま、雪音を見下ろしている。枕元の間接照明が、円を描くように光を滲ませていた。

「……今、何時ですか？」

「二時」

「晴れてますか？」

「ああ」

何か話していたいのに、何を話せばいいのか分からなくて、とりとめのないことしか浮かばない。

　ふと、空気がひんやりしていることに気付いた。季節柄、夜更けは冷え込むことがある。雪音は布団にくるまっているけれど、

「藤矢さん、寒くはないですか？」

「ん？　大丈夫だ、気にするな」

「入りますか？」

「………………」

「あ、布団にです」

「ああ、それは分かるが」

　藤矢が目を閉じ、黙り込んでしまう。眠いのかもしれないと思うと、追い打ちをかけることは出来ず、雪音はただ待つことにした。

　コチコチ、コチコチ。置時計の針だけが、静まり返った室内で慎ましやかに鳴り続けている。

（私も、眠くなってきたな……）

　藤矢とは手が繋《つな》がれたままだ。それだけで安心する。またあの夢を見ても、今度はちゃんと、夢だと分かるはずだ。それならあまり怖くはない。

「……あのな、雪音」

「んん……」

藤矢がようやく煩悶《はんもん》の淵《ふち》から帰還したときには、雪音は既に眠りに落ちていた。

「…………」

唇を引き結び、複雑な表情でため息をついた藤矢の姿を、雪音は知らない。


翌朝の雪音は、アラームより早く目を覚ました。

早起きは得意だが、これはいつもよりいくらか睡眠時間が短いせいかもしれない。澄んだ日差しを浴びながら、身体を伸ばす。ゆっくり息を吸う。

清々《すがすが》しい朝の気配だが、心は晴れない。

(やってしまった……！)

蘇《よみがえ》るのは深夜の記憶。悪夢にうなされ、藤矢に寝かしつけてもらったという、幼稚園児のような体たらく。

一刻も早く謝罪をしようと、慌てて家じゅうを捜し回ったが、藤矢の姿はどこにもなかった。玄関に登校用の靴がないのを見ると、朝勤めのため既に家を出たらしい。

(ああ～～なんて言って謝ればいいんだろう～～～)

恥ずかしいやら情けないやらで、雪音はパジャマ姿のままその場にへたり込む。

落ち着いて考える時間が必要だ。むしろ顔を合わせずに済んだのは、今朝に限ってはラッキーだったかもしれない。

（うう、私も境内の掃除に行こう……）

往々にして、神社の朝は早いものだ。

六出神社の場合、朝の七時に開門。授与所や御朱印の受付は九時スタートだが、その前に境内の掃除や神饌《しんせん》の支度など、仕事は山ほどあった。特格神社の場合も、こういった朝の基本的な流れは変わらない。

（あれ？）

身支度のために鏡を覗《のぞ》き込むと、首元に赤黒い痣《あざ》のようなものがチラついていた。

どこかにぶつけただろうかと目を凝らす。心当たりはない。痛みや痒《かゆ》みの類《たぐい》もないそこに、指を這わせてみる。

「……大したことないか」

制服を着て髪を下ろせば、ほとんど気にならない程度の痣だ。

まるで首を絞められた跡のようだと思ったが、見なかったことにする。


この日から雪音のクラスでは、新たに『神職演習C』の授業が始まる。

開學院には『神職演習』の名を冠する授業が三つ存在する。これらは学年が上がるごとに、授業の専門性や難易度が変化していく。神職演習Aが神社の通常業務関連。神職演習Bが祭祀《さいし》関連。ここまでが一般科と特格科の共通授業だ。

そして『神職演習C』。これは神力のコントロールにまつわる授業であり、特格科に限定されたカリキュラムである。

「この村雨《むらさめ》先生って、有名な先生なのかな？」

移動教室の途中、居合わせたクラスメイト二人に、雪音は声をかけた。努めて明るく、何気なく、軽い調子で。

「……さ、さあ～？」

「私たちは、ねえ？」

彼女らはそろって気まずそうに視線を逸《そ》らし、お互いに目配せをして黙り込む。

「じゃあ、どんな先……あ」

二人は雪音を振り返ることなく、小走りで数メートルの距離を取る。その背中からは「迷惑」「話しかけないでほしい」という無言のメッセージが漂っていて、

（あああー……）

呼び止めることも追いかけることもできず、雪音はそのまま、ひとりぼっちでとぼとぼと移動した。

グラウンドの指定エリアには、既にほとんどのクラスメイトが集まっている。

（あれ？）

集団に近づくさなか、ふいに奇妙な感覚に襲われた。視覚でも聴覚でも確認できないが、何か一枚の壁を抜けたような感覚があったのだ。柔らかいゼリー状の膜に全身が浸されたような、目に見えないしゃぼん玉を割ったような。

（気のせいかな……？）

そっと周囲を観察するが、クラスメイトたちが何かを気にしている様子はない。

「最近赴任した先生なんでしょ？」

「非常勤って聞いたけど」

「着任式では、フリーランスの神職って言ってたらしいよ。普段はあちこちの神社で助っ人やってるって」

「えー、一般人相手に拝み屋やってるって聞いたけど。なんかヤバめのやつ」

「ほんとに悪い事業に手を出してたら、うちの講師にはなれないでしょ」

ガヤガヤ声のあちこちで、この授業を担当する、謎の新任教師について語られている。

雪音にとっても興味深い噂話ではあるが、聞き耳を立てる気分にもなれず、ただぼーっと空を仰いだ。どんな話題であろうと、自分が参加できないのは明らかだ。

（どうして私には、友達ができないんだろう……）

男女問わず、漏れなく全員から避けられる。雪音以外にも高校から入学した生徒はいるが、こんなにポツンと孤立している生徒は他にいない。

（初日からこう……というか、入学式の教室に入ったときからずっとこう……私が何か、不快なことをしでかたにしては早すぎる……）

本鈴が鳴ったと同時に、足音が近づいてくる。クラスメイトたちの空気がピリつくが、雪音は心ここにあらずのままで――

「切り替えましょう」

ぱちん。柏手《かしわで》を打つような音がした。

「授業を始めますよ」

雪音がはっとして顔を上げると、見慣れぬ男性に見下ろされていた。

「……っ、すみません！」

「今日はお昼寝日和ですから、ぼーっとする気持ちも分かります。日なたでごろりとはいきませんから、気合を入れて臨むように」

安眠に誘うような、心地良いテノールボイス。物言いのわりに口調は優しく、肩の力が抜けそうになる。

クラスメイトたちの緊張も、ふわりと和らぐのが感じ取れた。

「皆さん、入学おめでとうございます。僕が村雨蛍輔《けいすけ》。『神職演習C』を、ひとまず一年間担当します」

そう言って、彼は全員の前に立った。

痩身《そうしん》で猫背気味だった。幅の広いくっきりした二重瞼《ふたえまぶた》が目立つ。濃いクマがあるせいか眠たげで、全体的に血色が悪く、薄い唇にもあまり色がない。声色と姿に、どうもちぐはぐな印象がある。

「皆さんご存知かと思いますが、この『神職演習C』は神力コントロールを目的とした授業です」

彼は朝礼台にも登らず、訥々《とつとつ》と話し始めた。ともすれば消え入りそうなぼそぼそ声なのに、不思議と細部までがクリアに聞こえる。

「特格神社の神職者は、その神力を的確に扱えてこそ、御祭神のお力を借りる権利を得るでしょう。ひとつひとつの授業が、あなたたちの未来を、ひいては神社神道の行く末に繋がるものと考え、真剣に臨んでください」

ほとんどのクラスメイトが、力強い眼差《まなざ》しで、こくこくと頷《うなず》きながら耳を傾けている。

その気迫は、これまでのどの授業よりも強いものだった。

(そうか。この授業がみんなの、本命なんだ)

授業は淡々と進んでいった。年間のざっくりとしたスケジュール、出席の取り方、実施場所などの説明を一通り終え、村雨が手元のタブレット端末に視線を落とした。

「本日の授業は、さくっと『バリアの張り方』でいきましょう」

バリア。気張っていたところに、妙に緩い響きが聞こえ、雪音はまた脱力しかけた。

それは他のクラスメイトも同じらしく、あちこちで困惑の小声が上がっている。

だが当の村雨はにこりともせず、

「誰かバリアの張り方を知っている方は？」

と生徒たちを見渡すばかりだ。

「――先生」

ス、と音が聞こえそうなほど真っ直ぐに、挙手した生徒がいた。

「いわゆる『結界』のことでしょうか？」

舞台俳優のように芯《しん》のある声は、女性にしてはやや低い。すらりと背が高く、手足が長く、ショートカットの良く似合う美少女。彼女の名前は、雪音もよく覚えている。

山吹蕾火《やまぶきらいか》。

出席番号は雪音のひとつ前で、入学以来、教室では席が隣同士である。挨拶《あいさつ》を返してもらえたことはないが。

「特格神社を守る結界を、我々の年齢で張れるものなのですか？」

彼女の顔つきは真剣だった。

「その質問に関して言えばイエスです。僕は十歳のときに、全国特格結界張りツアーをしていました」

「…………」

「冗談ではありませんよ。年齢ではなく熟練度の問題ですから」

生徒たちの戸惑いはそのままに、村雨は「しかし」と改める。

「今日の授業の『バリア』も、まあ『結界』ではあります。しかしそこまで大仰なものではありません。いわゆる『バーリア』です。子どもがよくやるでしょう、こういうの」

村雨は両手で拳《こぶし》を握り、胸の前でクロスさせる。

確かに。と雪音も頷く。子どものころはごっこ遊びの定番だったし、テレビの特撮ヒーローの必殺技にも出てきた。

「うちの地元では、指の形が違ってました」

「私のところも……こうやって、人差し指と中指を絡ませて」

「あー、うちも」「うちでは……」

ぽつりぽつりと、他の生徒たちからも声が上がり始める。

「そう、所謂《いわゆる》ごっこ遊びの『バリア』。これを神術に昇華することで、簡易的な結界を張って、穢《けが》れや攻撃から身を守ることができるのです」

村雨は満足げに、片手を高く掲げて見せた。人差し指と中指を絡ませ、どこかで見覚えのある形を作る――

「あ、エンガチョ」

思わず口をついた雪音を、村雨はビシリと指差す。

「正解です、綿本さん」

「あ、ありがとうございます」

「エンガチョの語源は、『穢《え》』とも『縁』とも言われています。悪いものを『チョンぎる』。一般にはゲン担ぎの域ですが、あなたたちのような神力があれば、結界としてそれなりの効果が生まれますから」

薬指と中指を交差させたり、親指を隠したり、両手の輪を繋《つな》ぎ合わせたり。どんどん形を変える村雨の指先を、雪音を含む複数人の生徒は慌てて真似ていく。

「指の型はいくつかのパターンがありますが、まずは自分が一番組みやすいものを。咄《とっ》嗟《さ》に使えてこその『バリア』ですので」

雪音はもっともシンプルな、片手の人差し指と中指を絡ませる形を選んだ。確かに組むだけなら一瞬ではある。

(……でもここから、どうすれば？)

ポーズを取っただけではどうにもならない。しかし周囲をうかがうと、既に感覚を摑《つか》んでいる風の生徒も多い。

(みんな子どものころから、神力に慣れてるんだもんね)

焦燥感が心をざわつかせる。雪音は小さくかぶりを振って、それを振り払おうとした。

(比べても上手《うま》くなったりはしない。恥はかき捨て！)

指を組んでいない方で、勢いよく挙手した。

「先生！　ここからどうすれば、バリアが張れますかっ？」

耳が熱くなる。だがそれでも、雪音は腕を下ろさなかった。

村雨は笑わなかった。怒りもせず、かといって甘優しくもせず、

「説明しましょう。全員、横並びになってください」

クラス全員を一斉に走らせるかのように、横一列に並べた。

村雨はそのまま数十メートル先に移動する。生徒たちがスタートラインなら、村雨がゴールラインのような位置関係だ。

「これから皆さんに、攻撃をします」

生徒たちがどよめき、雪音もぎょっとした。

村雨は懐から、手のひらサイズの鏡を取り出した。縁のない丸型で、日の光でチカチカと煌《きら》めいている。

「こんな感じに」

揺れた鏡面が、ぐっと膨張した。村雨がそれを上空に向けると、鏡の中から大量の光が溢《あふ》れ出し、一直線に発射された。

光の筋は上空の何かに衝突し、空気をぐらぐらと揺らす。そして音もなく破裂して、動揺する生徒たちの上空に、ダイヤモンドダストのように降り注いだ。

「何これ」「神術の残滓《ざんし》じゃない？」「てか今、上で何かとぶつかったよね？」

ざわめくクラスメイトたちに、村雨は端的に説明していく。

鏡は特格神社で使う神鏡。発射された光は、雷神を祀《まつ》る特格神社で分けてもらった神力を貯め、出力したもの。端的に言えば『攻撃』。

上空にあったのは、特格科の訓練用に村雨が張っておいた『結界』。今もグラウンド全体に張り巡らされている。

（あ、もしかして授業が始まる前のあれって……）

雪音は先ほどの違和感を思い出した。何かの膜を越えたような感覚は、授業用の結界に足を踏み入れたからだったかもしれない。

「ちゃんとバリアが張れていると、こうして身を守れますが……」

村雨がまた鏡を傾ける。数メートル先に置かれたベンチに向けた。

「張れないと、こう」

ゴッと鈍い轟音《ごうおん》がした。発射された光が、樹脂製のベンチを真っ二つに割ったのだ。恐ろしく鋭い刃物で、一刀両断にされたかのような切り口である。

「では実践です」

心の準備をする間もない。焦りもあるが、雪音にはそれ以上の感情があった。

（すごい……もしもあのとき、私が、結界を張れていたら……）

村雨の一撃は、久しぶりに見る神力の『攻撃』だった。早梅が祖母を殺《あや》めたときも、祖母はこういう、異質な攻撃に襲われたのだ。

「目を閉じて」

いつの間にか、村雨の手にはメガホンが握られていた。動揺でざめわいていたクラスメイトたちも、すぐに姿勢を正し、授業に向き合う。

「手で形を作って。心を穏やかに。清らかで静かな景色を、自由に思い浮かべましょう」

雪音も目を閉じ、村雨の声に耳を澄ます。

「その景色があなたの手先から、あなたの全身を包み込む様子をイメージしてください」

辺りは自然と静まり返っていた。風に乗ってどこかの音楽の授業や、道路を走る車のエンジン音が聞こえるが、それらはすべて、とても遠いところで鳴るばかり。

(清らかで、静かな景色)

雪音の瞼《まぶた》の裏には、故郷の雪景色が広がっていた。降り積もる雪は、生き物の呼吸まで飲みこんでしまう。

(寒いはずなのに、熱い)

呼気。脈打つ心臓。眼前の景色。しんしんと降り続ける、終わりのない雪片。恐ろしいのに愛《いと》おしい、あの白い場所。

「今から僕が、あなたたちを攻撃します。その攻撃から、身を守る頼もしいバリアが、その指先から生まれます」

いくつも衣擦《きぬず》れが重なる。イメージトレーニングの類《たぐい》ではないのが明らかだからか、あちこちから浅い呼吸が聞こえていた。

(……不思議)

ただ心を静め、原風景を浮かべただけ。それだけで、心強い何かが、自分を守ってくれる気がする。

空気が轟《とどろ》く。鏡の攻撃が来たのだと分かって、雪音は反射的に、指先に力を込める。

雪音は神力を使ったことがない。だからイメージをする。早梅の攻撃、村雨の攻撃、そして、藤矢が吹かせてくれた一陣の風を。

どこか懐かしい感覚が全身を駆け巡り、腕から指先へ走って——撥《は》ね除《の》けた感覚があった。

(あ、今ちゃんと、拒めた)

見るより早く確信が湧く。結界を張れた。これが神力の使い方なのだ。感覚が摑めた。

「やった……!」

喜びと達成感を嚙《か》みしめながら、雪音はゆっくりと瞼を開く。

「ねえ、うそ……」「え、何?」「信じられない、これって……」

だが周囲はふたたび、ざめわきで満たされていた。

(……?)

雪音が違和感を抱くまで、大した時間はいらなかった。

クラスメイトの視線が、明らかに自分に注がれている。新たな技術に感激している者など、一人もいない。

「え?」

彼らの視線を追う。注がれている先は、雪音の真正面から一直線の校庭だ。スタートラインからゴールラインまでの、数十メートル。

思わず目を眇《すが》めた。異常に砂埃《すなぼこり》が舞い上がっていて、視界が悪い。

「……なにこれ」

地面が深く抉《えぐ》れている。巨大な刃物で切り付けたような、真新しい痕跡《こんせき》。

「あなたがやったんだけど」

そちらを指差し、冷たい声を出したのは蕾火だ。他のクラスメイトたちも、気まずげに目配せをし合い、こくこくと頷《うなず》いている。

「どういうつもり？　結界の授業だって言われたよね？」

「ご、ごめん私、何がなんだか……」

詰め寄ってくる蕾火のまなじりは、鋭く吊《つ》り上っている。雪音がしどろもどろになっているところに、

「今年の一年生は優秀ですねえ〜」

と、メガホンで呼びかけながら、村雨が近づいてくる。

「僕はあっち側で、皆さんのバリアを観察していましたが……いいですねえ、十人十色で」

「先生！」

噛みつかんばかりの勢いで、蕾火が声を張り上げる。

「綿本さんの結界、ご覧になってましたよね？　あれは防御術などではありません、攻撃ですよ！」

「おや、自分の術式中に、クラスメイトを観察する余裕があったとは」

蕾火の顔がカッと赤くなる。

「これはこれで、なんともカッコいいバリアですよ。しかもねえ、綿本さん」

「あなた、全然疲れてませんね」

「は、はい！」

　そう言われて、クラスメイトを見渡す。皆その場に立ってはいるが、荒れた呼吸があちこちから聞こえてくる。膝《ひざ》に手をつき、項垂《うなだ》れている生徒もいる。

「……っ」

　憎々しげに雪音を睨《にら》みつける蕾火もまた、肩で息をしていた。

「生まれ持った神力の量が多いのでしょう。素晴らしいですよ」

「そ、うなんですか？　よかったです……」

　村雨の声に含みはない。褒められたことは素直に嬉《うれ》しく、口元がにやける。

　しかし、その喜びが長続きすることはなく。

「ですが、校庭は大変なことになってしまいました」

　彼の視線の先には、深く抉られた地面。現在は特格科の授業のために貸し切りとなっているが、ここは元々、一般科と共有のグラウンドだ。体育の授業でも、放課後の部活動でも使用される。

「綿本さんは放課後、ここにジャージで来てください。後片づけをしましょう」

「はい……」

　雪音が肩を落としたところで、終業のチャイムが鳴った。

「それでは皆さんはまた次回。さようなら」

クラス委員の号令を聞き届け、村雨はキビキビとした足取りで立ち去っていく。その姿が校舎の陰で見えなくなると同時に、生徒たちはどっと賑《にぎ》やかになる。

「ねえねえ、やっぱり……」「だよねえ」「あれって、ね」

中には雪音を見ながら、コソコソ囁《ささや》く声がいくつもあった。

「具合悪くなりそう」

「神力がさあ、もう……」

「やっぱり禍津神《まがつかみ》のお手付きって、本当だったんだねえ……」

聞き覚えのあるフレーズ。ハッとしてそちらを見れば、複数の女子生徒たちが慌てて雪音から目を逸《そ》らした。

「ねえ、あの……」

「行こ行こ」「ねーー」

彼女らは雪音から、小走りで逃げていく。

(禍津神のお手付き……)

昨晩の夢が蘇《よみがえ》る。

――見つけましたよ。

暗闇そのもののような早梅の声が、今しがた耳元でささやかれたばかりのように再生される。

「……………」

立ち尽くす雪音を、皆は遠巻きに見ながら教室に戻っていく。

ただひとり山吹蕾火だけが、雪音を憎々しげに睨みつけていた。


孤立した学校生活において、雪音が特に寂しいのが今。昼休みである。

お弁当を共につつくことも、他愛ないお喋《しゃべ》りに興じることもできない。

「あっ、あの子」

「しーっ」

すれ違う見知らぬ生徒から、このようにこそこそ囁かれるのは日常茶飯事だ。既にだいぶ慣れていたが、午前の演習Cの件が瞬く間に伝わったらしく、いつもより嫌悪感のある視線が向けられている気がする。

弁当箱をお守りのようにぎゅっと抱え、雪音は歩くスピードを速めた。

(……よかった、誰もいない)

図書棟裏のベンチは、昨日見つけたばかりの、人影のないエリアだ。今日も無人であることに胸を撫《な》で下ろす。

学園内を覆い尽くす桜の木が、この辺りには植わっていない。生垣の椿が控えめに咲き、白モクレンがうららかな木漏れ日を生む、穏やかな雰囲気が気に入っていた。

(こんな穴場スポットなのに、誰もいないなんて不思議)

今の雪音には有り難い場所だ。いつまでも授業での出来事を引きずらないため、昼休みでどうにか気持ちを切り替えたい。

膝の上で弁当箱を開くと、心がぱあっと華やいでいく。

「わあ……」

ごぼうのつくね、絹さやの卵焼き、かぶのサラダ、菜の花の胡麻和《ごまあ》え。春野菜の副菜をたっぷり盛り込んだ、手の込んだおかずたちが顔を覗《のぞ》かせた。

雪音の弁当は、前日のうちに小瑠璃がおかずを用意してくれる。登校前の雪音は、自分でご飯を詰めるだけでいい。

「いただきます!」

手を合わせお辞儀をし、早速箸《はし》をつける。かぶのシャキシャキとした食感を口いっぱいに味わう。

(癒《いや》される～やっぱり元気がないときには、小瑠璃さんのごはんだなぁ)

ささくれ立った心が、ゆるゆると解《ほど》けていくのを感じながら、次のおかずを口に運ぶ。

絹さやの卵焼きは、昨晩焼いたとは思えないくらいに柔らかい。砂糖ベースの甘じょっぱさに、絹さやのほろ苦さがよく絡む。

(関東《かんとう》の卵焼きは、出汁《だし》派が多いって聞いてたけど……もしかして私に合わせてくれたのかな?)

今日顔を合わせたら聞いてみよう。そう心に決めた雪音の頬を、柔らかな風が撫でる。

「小瑠璃の食事が、相当口に合うんだな」

声をかけられる前に、誰が来たのかは分かっていた。藤矢だ。

「……っ昨夜は申し訳ありませんでした！」

顔を見るより先に、バッと勢いよく頭を下げる。藤矢の戸惑った声が降ってきた。

「覚えてるのか」

「はい……まさか高校生にもなって、怖い夢を見たと喚《わめ》くなんて……情けないです……」

藤矢さんの眠りも妨げることになってしまい……」

「いや、俺はどうせ起きていたから」

顔を上げてと言われ、雪音は恐る恐る藤矢を見上げる。

「結構な夜更かしですね……？」

「ちょっと勉強を」

「あんな時間まで!?　と言っても私、寝ぼけてて何時だったか曖昧《あいまい》なんですが……」

そう言った瞬間、藤矢の顔に安堵《あんど》が滲《にじ》んだ。

「そう、寝ぼけていたか」

「うう、すみません……私本当に失礼を」

「構わない。気にしなくていい」

心なしか、藤矢の声が上擦った。

「藤矢さんもお昼ごはんですか？」

「いや、俺はもう食べた」

「もう？　あ、まさか早弁を？　男の子ですすもんね」

「……まあ、そんなところ」

藤矢は朝も早かった。昼食時まで空腹を我慢できるはずがないと思う。実家にいたころ、弟の柊悟はお弁当を二つ持たされていたのだ。

「隣に座っても？」

「もちろん！　もちろんです」

藤矢は隣に腰を下ろしながら、「食事を続けて」と促してくれる。

「ありがとうございます。ではお言葉に甘えて」

雪音は菜の花の胡麻和えを咀嚼《そしゃく》しながら、横目で藤矢をうかがう。彼はそよぐ白モクレンを静かに見上げているようだったが、

「演習で、グラウンドを破壊したと聞いたが」

と穏やかに切り込んだので、雪音は咽《むせ》かけてしまった。

「……えっ」

「地面が隕石《いんせき》のクレーターのようになったそうだな？」

「さ、三年生にまで、伝わっているんですか」

「特格科は情報が早いから。ベンチも真っ二つにしたと」

「それは私じゃないです！」

考えてみれば、この人気のない場所に、藤矢が偶然通りかかるはずがないのだ。叱責か追及が目的だったのだろう。

「すみません……」

雪音は箸を置き、体を藤矢の方に向け、頭を下げる。

「何に謝っているんだ？」

「……悪目立ちを、しました」

「ああ、そういう自覚はあるのか」

淡々と降り注ぐ声に、思わずぎゅっと身を縮めた。

「蛍輔先生はなんと？」

「放課後、後始末をしましょうと」

「結界については？」

言いにくい。が、言うしかない。

「……なんともカッコいいバリア、と」

あのときは誇らしい賞賛だと思ったけれど、今になればただのフォローだったような気もするのだ。

――あれは防御術などではありません、攻撃ですよ！

蕾火の言う通りだった。身を守る術を学ぶ授業だったのに、下手をすれば誰かを傷つけていた可能性すらある。

「うん、俺もそう思う」

「すみません……」

いよいよ縮こまってしまう。謝って済む問題ではないが、今は謝罪以外が出てこない。

「いや、なんともカッコいいバリアだったんじゃないか？」

「……ん、え？」

恐る恐る顔を上げると、想像していなかった表情の藤矢がいた。

「大抵の結界は防御だから、向けられた攻撃を打ち消すものだが、雪音の結界は攻撃を弾《はじ》いたわけだろう」

「はい。先生の攻撃を……」

「当たり前だが、攻撃にはエネルギーを消費する。相手の攻撃を跳ね返せれば、素晴らしい省エネだろう」

「しょ、省エネ？」

「俗な言い方だが、重要なことだ。世の摂理。力尽き、倒れた方から食われる」

そんな野蛮なと茶化すことはできない。力が及ばず倒れる、あの残酷な環境を、雪音は味わったことがあった。

「それに、目立つのも大正解だ」

また目を丸くする雪音に、藤矢が何度も頷《うなず》いて見せる。

「御景藤矢の婚約者はこれだけ強い力を持つのだと、あちこちにアピールできる。さっきも言ったが、特格科は噂が回るのが早い。これは特格神社の界隈《かいわい》全体も同じだから」

そこで雪音も、ハッとひらめく。

「早梅にも、伝わりますか？」

藤矢のまなじりが、ピクリと歪《ゆが》んだ。

「私が強くなるほど、早梅は私を殺したくなって、姿を現すかもしれませんよね？」

縁切りの術を持つ雪音は、御景神社の重要な鍵《かぎ》であり、敵対する禍津神《まがつかみ》派にとっては排斥ターゲットである。

たとえ悪目立ちであっても、雪音が着実に成長していることが、早梅の耳に届けば。

「もしも早梅を倒せたら……」

「雪音」

ふいに思考が遮られた。藤矢の両手が、雪音の両頬をむに、と引っ張っていた。

「へ？」

「余計なことは考えない方がいい」

「え……」

「禍津神の実体なんて、現れない方がいいんだよ。人が神を討つなんて、普通はあり得ないことなんだ」

見透かされた気持ちになった。雪音の心に宿る、一抹の復讐《ふくしゅう》心を。

（……そう、だよね。私には無理だよね）

　余計なことは考えない。考えるべきではないのだ。自分にできることは限られている。

脇道に逸《そ》れる余裕はない。

「……頑張りましゅ」

「ん、何？　ちゃんと話してくれ」

「は、離してくらさい！」

「あはは」

　笑いながら、藤矢が頰から手を離す。

　首を振る。大した力は入っていなかった。だがそれより気になることがあった。

「悪い。痛かったか？」

（藤矢さんの手、冷たい）

　昨晩の曖昧な記憶。夢と現《うつつ》のあわいで、彼の手の感触に救われたのは確かだ。

　だが体温までは覚えていない。こんなに冷ややかだっただろうか。

「あの、藤矢さん」

「うん？」

　丁寧にこしらえた彫像のごとく、ひとつの欠点もないほどに整った顔立ち。年頃の女の子が皆羨《うらや》むであろう、陶器のように滑らかな肌は――透明感を超え、青白い。

「体調が悪いのではありませんか？」

「………」

藤矢は目を丸くして、雪音をまじまじと見つめてくる。美しく吊《つ》り上がった目元のせいか、猫が驚いたときの表情を思わせた。

「昨夜、勉強してたということでしたけど……結局何時に寝ましたか？　寝不足？　体調を崩してませんか？」

藤矢の額に手を当てた。驚きで肩が震える。

「熱はない……ないですね……どうしよう……」

「……元々体温が低いんだ」

「低血圧ですか？　朝起きるのしんどかったり？」

「慣らした。神社の人間は、朝が弱いなんて言ってはいられないだろう」

額の手を握られ、そのまま指を絡められた。どきりと胸が高鳴るけれど、それも一瞬のこと。すぐにハッとして、雪音は周囲を見渡す。

「どうかしたか？」

「藤矢さんがこういう、恋人めいたことをするということは……」

誰か見せつけたい相手がいるということですね、と耳打ちをする。藤矢はしばし考え込み、やがて小さくため息をついた。

「まあ、いつ誰に見られてもいいように、心構えをしておくのは悪くない」

「分かりました！」

触感を確かめるように、絡まった指先を握り直す。

「手が冷たい人は、心が温かいって言いますもんね」

「それは海外のジョークだ。真偽は不明だぞ」

「そうなんですか？　うちのおばあちゃんもよく言ってましたよ。緊張すると手足の先が冷える、それはいつも、誰かに気を遣ってるということだって」

他人を気遣うために、自分の心が強張《こわば》ってしまう。それは苦しいことだろうけれど、優しさゆえの冷たさだろうと。

（藤矢さんなんて、まさしくそれだよね……）

さすがにこれは、胸の内に留めておく。本人が肯定してくれるはずがないし、かえって余計な気を遣わせることになりそうだから。

「……雪音の手は、温かいな」

藤矢がそう続けてくれて、ほっとした。

「はい！　昔から代謝が良いんです」

「子ども体温？」

「そ、それもよく言われますが……年下の体温を、藤矢さんに分けてあげますね」

ぎゅうぎゅう力を入れて握れば、「痛い痛い」と藤矢が笑った。

いつもの穏やかな微笑みではなく、年相応の。

「体質はどうしようもないのかもしれないですけど、ちゃんと休んでくださいね」

「そうだね。今日は早く休むよ」

「はい！　よろしくお願いします」


放課後、グラウンドにて。何故かジャージ姿の藤矢を見つめ、雪音はわなわな震えていた。

「休むって言ったのに……！」

「具合が悪いから、今日は安静にしてくれるって話じゃ……」

「そこまでは約束していない」

「先生！　片付けは私だけでやれます！」

雪音は村雨に訴えかける。教師が体調不良の生徒にグラウンド整備を手伝わせるはずがないと思ったのだが、

「いえまあ、頭数は多い方が助かりますねえ～」

「先生～～！」

「ほら綿本さん、手を動かして。早くグラウンドを片付けて、結界術の補講をしましょう」

「へっ」

目を丸くして村雨を見ると、村雨もまたきょとんとしていた。

「あれ、僕言いませんでしたっけ？　あなたのバリアは威力が強すぎるから、制御する練習をしましょうって」

「聞いてません……！」

「おやおや」

なんだか授業のときと、村雨は印象が違う。動揺する雪音をよそに、トンボを持った藤矢は平然としていた。

「こういう人なんだ。早く慣れた方がいい」

「うっかり屋さん？　いや、のんびり屋さんですか……？」

「天然かな。悪気はないし、術者としては恐ろしく頼りになる」

藤矢のその口ぶりが、ふと気になった。村雨が講師として赴任してきたのは今年度からだと聞く。しかし藤矢は、彼を以前から知っているような口ぶりだ。

そして雪音の疑念は、表情に出ていたらしい。

「俺や燕も、子どものころ師事していたことがあるんだ。あくまで個人的に」

「そうだったんですか！」

「ああ、懐かしいですね。もう二十年くらい前でしょうか」

「いえ。まだ十年です」

二十年前と言えば、燕はともかく、藤矢は生まれてもいないはずである。

天然というか適当というか……とは言え藤矢や燕の恩師ともなれば、その実力はいよいよお墨付きなのだろう。

(早く片付けて、補習してもらおう！)

やる気を漲《みなぎ》らせ、雪音はトンボを握る。

だがグラウンドはかなり深く抉《えぐ》られており、表面を撫《な》でつけるだけではどうにもならない部分が多々あった。新たに整備用の土が必要そうだ。

「私ちょっと、土をもらってきますね」

「いえいえ、重いでしょう。僕も一緒に」

「それには及びません」

と、二人を制した藤矢の声を覆い隠すほどの音量で、遠くから声がした。

「まいどーーーーーー土でーーーーーーーす」

一輪車に大量の土袋を載せて、勢いよく走ってくる人影がある。

藤矢と同じ、紫紺のジャージ姿。学年ごとにカラーが異なっているため、三年生ということだ。

「燕さん……!?」

大重量のものを小走りで運んでいるのに、一輪車も本人もまるでぶれていない。身体をかなり鍛えている証拠だ。

(本物だ！)

見慣れた長い三つ編みを揺らし、燕は雪音たちの前でピタッと一輪車を停めた。

「やあお嬢！　あははマジで地面ヤバ、強烈なの掘ったね！」

「つ、燕さん、潜入ですか？」

「んあ？　いや？　俺も本物の高校生だよ」

雪音は愕然《がくぜん》とした。大人びた容姿や立ち振る舞いから、雪音はてっきり燕を二十代だと思い込んでいたのだが、実は藤矢の同級生だという。

「あれー、言ってなかったっけ。ごめんね、いきなりコスプレで現れたかと思った？」

「偽者かと思いました……」

「あはは、本物ですよお嬢様」

雪音の足元に膝《ひざ》をつき、恭しく片手を取って見せる。確かにこの茶目っ気は、雪音の知る燕そのものだ。

「頭数は多い方がいいから呼んだんだ。燕は馬鹿力だし」

「力持ちと言ってくださるー？」

にわかに賑《にぎ》やかになるグラウンドに、雪音は心が華やいでいくのを感じた。

毎日クラスメイトとろくに話すこともなく、ひとりぼっちで過ごす時間が長い。こんなに和気藹藹《あいあい》とした時間は久しぶりだった。

しかしその和やかな雰囲気も、

「わっ、本当に蛍輔先生がいる！　やっほー！」

と、燕が声をかけたところで突如終了する。

(そっか、村雨先生は燕さんの師匠でもあるんだ)

何も知らない雪音は、和やかな師弟の再会シーンが繰り広げられるのだと思った。

「よくもまあ、のうのうと顔を出せたものですね」

しかし村雨の目には、先ほどまでとはまるで違う、鋭い光が宿っている。

「先生……?」

「二度と僕の前に現れるなと言ったはずですが」

穏やかだったテノールが、低く不穏に響く。刺々《とげとげ》しさを通り越し、刃《やいば》のような切れ味を感じさせた。

「そんなこと言っても、主人に呼ばれたら来るよ。当たり前でしょ」

一方の燕は、いつもと変わらない飄々《ひょうひょう》とした口ぶりだ。表情もにこやかなまま。

だがその瞳《ひとみ》にも、冴え冴《さざ》えとした光が灯《とも》っている。

「主人、ね……まだそのような世迷いごとを言っているわけですか」

「まだも何も、ずっとこの予定だけど?」

何やら物騒な雰囲気になってきたな、と思う。

(事情は分かんないけど、仲裁した方が……)

と身を乗り出そうとするが、藤矢の腕にガードされる。彼は雪音を見やり、黙って小さく首を振った。じっとしていて、ということなのだろう。

「先生には気に食わないかもしんないけどさ、俺は死ぬまでこうだよ」

「ええそうでしょうとも。知っていたら、君のような無礼者を弟子にしたりしませんでした」

「今さら言っても仕方ないよね」

「いいえ、あなたが生き様を変えるまで続けますよ」

　雪音に分かることは、二人の関係はとにかく険悪であるということだけだ。何かしらの因縁があり、それは今も、顔を合わせるだけで再燃するものであるということ。

　幸か不幸か、今日の集合理由は特格科の専門授業だ。人払いがされており、付近に人目はない。

「…………」

「…………」

　緊迫した空気が流れる。息もしにくいような、重苦しい沈黙。

「綿本さん」

「はっ、はい！」

　ふいに、村雨から名前を呼ばれた。彼は燕と睨《にら》み合ったまま、こちらは向かずに話し続けている。

「多くの生徒のバリアは、自分の内側から放出した神力で膜を張り、攻撃を消滅させるものでした。防御の基本です」

状況はまるで理解できないが、何故か授業の延長が始まったらしい。混乱したまま、雪音は必死に耳を傾けた。

「綿本さんのバリアは例外でした。受けた攻撃を、倍の威力で跳ね返す。防御を攻撃に転じさせていました。意図していましたか？」

「むっ、無意識でした！」

「よろしい、ではその道を究めましょう」

昼休み、藤矢に言われたことを思い出す。

「省エネだからですか？」

「確かにそれもありますが」

村雨は変わらず燕を睨みつけたまま、両手で印を結んだ。

先ほどの授業で、誰ひとり取らなかった複雑な型だ。片手で円を、もう片手で太刀のような形を作る。

「あなたの生存率が上がるからですよ」

言い終わるより早く、藤矢が雪音を抱き寄せる。

「!?」

途端、凄《すさ》まじい突風と轟音《ごうおん》が響いた。雪音は思わず目を瞑《つぶ》るが、その身に衝撃はない。

藤矢が二人を囲うように、結界を張ってくれたのだ。

（な、なに……!?）

雪音たちの授業時とは、比べものにならないほどの何かが、その場を駆け抜ける。体の芯《しん》を揺らす地響きに、思わず竦《すく》み上がった。

ほどなくして、雪音が恐る恐る目を開いたときには、砂埃《すなぼこり》が舞い上がり、グラウンドが抉れていた。授業のときとは比べものにならないほど、深く深く。

「雪音、大丈夫か？」

「私は全然……ああっ」

砂煙の向こうに、人影が揺らいでいた。

変わらずその場に仁王立ちしているのが村雨。冷淡な表情で、何かを見下ろしている。

その先に倒れているのが、燕だった。

「燕さん！」

ゲホゲホと咳《せき》をしている。身じろいでいるのも分かる。息はあるようだが、地面に寝そべったままだ。

「け、怪我を」

「いいんだ」

慌てて駆け寄ろうとする雪音を、藤矢が止めた。

「綿本さーん」

村雨は今度こそ、雪音の方を見た。先ほどまでの冷たい瞳はどこへやら。授業のときのような、眠たげな眼差《まなざ》しに戻っている。

「ちゃんと見ていましたか？　攻撃への転用はこのようにやってみてくださいね」

「それどころではありませんでした……！」

「おやおや」

村雨から、先ほどまでの殺気はすっかり消え失《う》せていた。


グラウンドの整備を急ピッチで終えてから、一行は御景家の本邸へと帰宅した。

そこで雪音はようやく、村雨と燕らの関係を説明された。

まず村雨蛍輔は、社家の血筋ではない。

ただし実家が特格神社の氏子であり、生まれながらにしてそれなりの神力を持っていたため、開學院へ進学した。

神職資格を取得するため、三年時は地方にある御景の分社に実習へ。そこで藤矢と燕と出会ったという。

「二人ともまだあどけなくて。僕の片手に乗るくらいしかありませんでしたね」

淹《い》れたての玉露の香りを堪能《たんのう》しながら、村雨がほうっと息をつく。

「片手サイズですか。果物か何かのようですね」

「はて。言われてみれば、もう少し小さかったかも？」

ここは応接間。別室では、燕が小瑠璃から傷の手当てを受けているはずだ。

「藤矢も燕もまあ素直で、よく懐いてくれました。可愛くてねえ、つい色々教え込んでしまったのが、今でも悔やまれます」

当時既に、御景内には派閥争いがあった。村雨が術を教えたのは、藤矢や燕が、少しでも我が身を守れるようにと思ってのことだったのだ。

――約束をしてください。何かあったら、神社も家も、すべて捨てて、逃げるために力を使うこと。

幼い二人の肩を摑《つか》み、澄んだ眼を見つめて、彼はそう伝えた。指切りげんまんをした。

嘘ついたら針千本飲ます。指切った。

「嘘をついたんですよ、あの弟子は」

ダン、と勢いをつけ、村雨がテーブルに湯呑《ゆの》みを置く。その勢いで、彼の手に茶がかかった。

「熱っ」

「いっ、今タオルもらってきます」

「いえお構いなく。ヒリヒリするだけですから」

「氷ももらってきます！」

雪音は応接間を飛び出した。

（結局二人が破門になったのは、約束を破ったからってこと……？）

神社や家を捨てられず、二人とも我が身を削っている。思いやりのある大人が見れば、心を痛めるのも必然だ。まして自分が術を教えたともなれば、村雨はどんなに苦しんだことだろうか。

（だけど私たちは……家業や家族を、捨てられない）

村雨の気持ちは理解できる。だけど雪音にとって、より共感できてしまうのは、破門された藤矢や燕の方なのだ。

「だからァ！」

燕の絶叫で、ハッと意識が引き戻される。

雪音が台所からふきんと保冷剤を抱えて戻ると、応接間ではいつの間にか激戦が始まっていた。

「十年前から謝ってるでしょ！」

「形だけの謝罪に意味などありません！」

「禊《みそぎ》も受けたじゃん！」

「あれが禊？　二十四時間滝行ごときで禊だと？　ハッ、あなたは本当の禊を知らないようです！」

「だって全部教えてもらう前に破門にされたからー！」

「その原因が！　あなたにあると！　言っている！」

雪音が席を外している間に、燕が戻ったのだ。あちこちにガーゼや湿布をつけている。

言い争っている村雨の方は、袖口《そでぐち》がお茶でビシャビシャだ。

混沌《こんとん》とした風景に戦慄《せんりつ》する雪音を見やり、藤矢は「いいから、放っておこう」と肩をすくめる。

「この二人はいつもこうだから」

「いつも……？」

「顔合わせるとギャーギャーしてる」

「止めなくていいんですか？」

「根本的な哲学が違うから、気が済むまで言い合うしかないんだ」

慣れきった様子で、藤矢は自分の分の茶を啜《すす》る。

「我が身の危険を顧みず、衝動に身を任せる！　だから破門にしたんです。今もこうして御景の男巫《だんぷ》をしている時点で、意味はなかったようですが！」

「訂正ていせー！　俺はね、御景の男巫じゃない。藤矢くんの男巫やってんの～！　結果的に御景神社にいるだけ！」

「それが問題だと、どうして分からないんです⁉　あなたは藤矢のためなら、どんな無茶でもする。己の命まで投げ出してしまってどうしますか！」

「命より大事なんだから仕方ないだろ！」

燕の叫びに、村雨が息を呑んだ。

「俺はねー、命に優先度をつけてるだけ。自分より藤矢くんなの。藤矢くんが助けてくれた命だから、藤矢くんのために使う。これは俺が決めたわけ。先生は俺と違ってまともだから分かんねーだろうけど……」

バチン。乾いた音が鳴り、燕の言葉は遮られる。村雨が、燕の頬を打ったのだ。

「……キレないでよ。ほんとのことでしょ」

「燕」

燕はへらりと、自虐的な笑みを浮かべる。

「ほんとのことだよ。蛍輔先生はまとも」

「そうではありません」

「は？」

「あなたもまともです」

「…………」

村雨はもう冷静だった。居住まいを正し、真正面から燕を見据えている。

「環境にストレスを感じたときに、自己催眠で己のあり方を変えるのはやめなさい。寒いなら寒いと言えばいい。これは寒くない、何故なら自分の皮膚は毛皮だからなど、嘘っぱちで武装したとて、長持ちはしません」

「たとえ話で論点ズラすのやめてよ」

「噛《か》み砕けば分かりやすいでしょう」

「……まともな人のコメントだなぁ」

「燕。あなたはいつまでそうやって」

「二十歳までだよ」

燕の顔から、薄ら笑いが消えている。

「二十歳までじゃん。分かってんでしょ」

二十歳。その数字に、雪音も冷水を浴びせられたような気分だった。

（藤矢さんの……呪いの期限）

燕と藤矢は同級生だ。彼が言っているのは、そういうことだ。

「先生は人生七十年だと思ってるから、無茶するな、安全に過ごせ、健康に生きろって方に持ってこうとするんだよ」

次の瞬間、燕が湯呑みを摑み、自分に向けて逆さにした。バシャッと音がして、まだほんのり湯気の上がっていたお茶が、燕の頭から滴っていく。

「全然熱くないよ」

穏やかに言って、燕が微笑む。村雨の顔が、泣きそうに歪《ゆが》んだ。

「火傷《やけど》はするでしょう」

「そんときは先生、手当てしてね」

村雨は返事をしなかった。

「蛍輔先生は、子どもを戦わせたくないそうだ」

村雨を見送った帰り道。雪音と藤矢は、宵の入りの庭を並んで歩いていた。

「一般社会を知っているから、どうしても比べてしまうと言っていたな。物心ついたら即戦いの訓練を強いられる子どもたちが気の毒だと」

(だから初めの授業が『結界』だったんだ)

ほんの数時間の付き合いだが、雪音も心に沁《し》みるものがあった。

──あなたの生存率が上がるからですよ。

あれが、村雨の何よりの本心なのだろう。死なないために強くなる。至極シンプルで、重要なことだ。

(半年前の私だったら……村雨先生の味方をしてただろうな)

子どもが命をかけるなんておかしい。もっと違う方法で、大切な人を守る方法はあるはず。堂々とそう宣言していたと思う。

「……質問してもいいですか?」

「内容によるな」

「藤矢さんと燕さんは、どうして破門になったんですか?」

「ああ、それなら」

盛りを迎えるハナカイドウが、泡のように咲いている。花弁の桃色が薄闇にぼんやり溶け出して、二人の道筋を染めていた。

「燕が、先生が保存していた呪具を盗んだんだ」

「えっ」

「どうしても呪い殺したい相手がいたんだと」

突然の物騒な言葉に、雪音は驚きを隠せない。

「盗難自体は早々に気付かれて、呪具も取り上げられた。既に一度使ってしまっていたそうだが」

「え……じゃあまさか……」

恐る恐る尋ねる雪音に、ハナカイドウの桃色を背負って、藤矢は苦笑する。

「失敗している。呪殺なんて、並大抵の術者じゃこなせないんだ。燕は術の反動をくらって死に掛けて、それで破門になった」

「……藤矢さんのためだったから、藤矢さんも破門、ですか？」

「ああ、よく分かるな」

藤矢が感心している。さすがに喜ぶ気分にはなれなかったけれど。

「当時は兄が生きていたから、俺には二十歳の呪いは発現していなかった。だが既に御景本家と折り合いが悪かったから、燕はそれで頑張ってくれたんだ」

「頑張って、くれた……」

繰り返してみるが、雪音にはしっくりこなかった。言った張本人の藤矢が、どこか物憂げに見えたせいかもしれない。

「燕は子どものころ、禍津神《まがつかみ》派が引き起こした天災で死に掛けている。俺はたまたまそれを助けた。それだけなのにあの忠誠心だから、ちょっと重いよ」

「……重くて、嬉《うれ》しいですよね？」

「あはは。佐渡は巫覡《ふげき》の家柄だ。俺ではない誰かにも、あの矢印を向けたかもしれない」

軽やかなその言葉が、藤矢の本心なのかどうか、今の雪音には判別できない。

「今日は何かと、驚かせてばかりだったな」

「いえ……あの」

「どうかしたか？」

藤矢は立ち止まることなく、雪音を見やり、小首を傾げた。

（本当は……）

本当はこれ以上立ち入ってほしくないのかもしれない、と思う。もう少しで本邸に着く。話題を切り上げるのに、きっと丁度いいタイミングでもあった。

「もうひとつ、質問があります」

だがどうしても、流すことができなかった。雪音が足を止めると、藤矢も一歩遅れて倣った。二人の距離が、少しだけ遠くなる。

「グラウンドのお手伝いに、燕さんを呼んだのは、藤矢さんでしたよね」

「ああ」

「燕さんと村雨先生に、因縁があると知っていたのに？」

「そうだな。そういうことになる」

藤矢は平然としている。雪音の方は、心臓がばくばく高鳴っているのに。

「……どうしてですか？」

「荒療治で、二人を繋《つな》げたかったからだ」

「仲直りをさせたかったんですか？」

「まあ、可愛げのある物言いをすれば」

含みのある物言いだった。わざとそういう言葉を選んでいるように思える。誘導されている気分になるが、それを上手にかわす術《すべ》を、雪音は持っていない。

「蛍輔先生を開學院の講師に呼んだのは俺なんだ」

雪音はハッと息を呑《の》む。

東京への引越しの日。待ち合わせに藤矢が少し遅れてきたのは、地方に隠遁《いんとん》していた村雨に会うためだったのだろう。御景家の力を持ってすれば、春先に新たな講師をねじ込むことも可能だったのかもしれない。

「これまで何度誘っても動いてくれなかったが、早梅の出現を報告したらさすがに応じてくれた」

「藤矢さんの派閥の戦力にするために……？」

「そこまで積極的に戦ってくれれば御の字だが。雪音の育成と、燕のサポート要員になってくれれば十分だ」

確かに古くからの顔見知りで、実力も申し分ない村雨は、今の藤矢にとって非常に大きな存在になるはずだ。そしてきっとこの采配《さいはい》を、燕も蛍輔も承知しているのだろう。

（藤矢さんは、皆を利用しようとしてる。でもそれは、最終的には皆のためで……）

感情に追いつく言葉が見つからない。ただ何か、どうしようもない焦燥感のようなものが、胸に溢《あふ》れて止まらなかった。

「夜は冷える。戻ろう、雪音」

藤矢が手を差し出してくる。ハッとして周囲の視線を探ろうとする雪音に、彼は微笑みかける。

「誰も見ていないよ」

「見ていないのに？」

「日ごろからの訓練が大切」

「……訓練、ですか」

そう言われれば従うしかない。雪音が手を伸ばし、藤矢に触れた瞬間だった。

ばちり。稲妻が弾《はじ》けるような、小さな衝撃が走った。

「ひゃっ」

思わず手を離す。藤矢にも同じ衝撃があったらしく、目を丸くしている。

「悪い」

「いえ、静電気ですかね」

「さあ……？」

首を傾げながら、今度はお互いに手を伸ばした。

バチッ。今度はより激しく弾けた。

「えっ……？」

「…………」

本当に静電気だろうかと、雪音は首を捻《ひね》る。

まだ指先に痺《しび》れが残っている。どこか、神力の反応に似ていた。

「……痛いだろうが、もう一度いいか？」

藤矢も同じ気持ちだったらしい。神妙な面持ちで問われ、雪音は黙って頷《うなず》く。

「…………」

バチリ。予想通りだった。まるで二人の間に結界が張られているかのように弾き合ってしまう。強い痛みに、思わず呻《うめ》き声が零《こぼ》れた。

「睡眠不足や食生活の乱れが、静電気を起こしやすくするらしいです、けど」

軽口を叩《たた》いてみたが、十中八九、そういう問題ではないのだろう。

村雨に連絡を入れると、帰宅のために乗り込んだタクシーで、そのまま本邸に引き返して来た。

「緊急性があると判断しました」

険しい表情でそう言う。本邸には、駆けつけた燕の姿もあった。

村雨は両手の指で狐を作り、「コンコン」と鳴き真似をしながら指を絡める。中心に生まれた菱形《ひしがた》の隙間から、雪音と藤矢を覗《のぞ》いた。この仕草を『狐の窓』と言うらしい。

「今度授業でもお教えします。憑《つ》き物を見極める、ごく簡単な術です」

「狐の窓でも視えるくらい、露骨ってことでしょ」

「……ええ。綿本さんには、早梅が近づいてきています」

雪音は、自分の心臓が痛いほど鳴ったのが分かった。顔が強張《こわば》り、背筋を冷たい汗が伝っていく。

「綿本さんのおばあ様に一発食らわされたせいで、早梅は手負いの状態です。復活時にすぐに辿《たど》れるよう、あなたの魂に目印を残したのでしょう。それが今になって、藤矢との反発という形で作用しているのです」

あれから何度か試したが、雪音と藤矢が触れ合おうとすると、静電気のごとく弾き合ってしまった。

「藤矢の呪いを解きかねない綿本さん。綿本さんを守ってしまう藤矢。二人の結託は早梅にとって不都合ですから、遠ざけようとしているわけです」

混乱する雪音の一方で、藤矢は比較的落ち着いている。

御景家にかけられた呪いは、跡継ぎが二十歳になるまで成長する類《たぐい》のものだ。追って何かが起きることは、想像の範疇《はんちゅう》だったらしい。

「念のため、綿本のご実家の警備を強化しよう。燕、増員の手配を」

「了解〜」

「ありがとうございます……すみません」

「そういう約束だから。当然だよ」

青ざめて俯《うつむ》く雪音の頭に、藤矢の手が伸びる。撫《な》でられる心構えをしたところで、彼の手がピタリと止まった。

「……あ、そうでしたね」

「危なかった」

今後はより大きな反発になる可能性もある。日常的に距離を取る癖をつけた方が良いかもしれない、ということになった。

「婚約者らしくない態度だが……」

「ケンカ中ってことにしませんか？」

「いや、そうするとここぞとばかりに、別の婚約話を進められる」

頭を抱える雪音と藤矢を前に、燕が軽い調子で言う。

「マリッジブルーってことにしとけば？」

真っ先に顔をしかめる藤矢。

「どっちのだよ」

「あ、自分も選択肢に入れるんだ。藤矢くんって柔軟だね」

「いっそ二人そろってマリッジブルーというのはどうでしょう？」

「ケンカ中と見分けがつかないだろう」

「うーん……」

悶々《もんもん》とする三人を前に、村雨はぽかんとしている。

「あなたたちいつの間にか、しなやかになりましたねえ……いずれにせよ、夜は一緒に寝た方が安心でしょうけど」

「へっ」

突然のコメントに、今度は雪音がぽかんとする番だった。

「新婚の若者同士、触れ合えないというのは実に辛《つら》いことでしょうが……」

「先生、俺たちの間柄については説明したはずですが……」

「問題があれば、僕が雪音さんに寄り添う手もあります」

雪音がぎょっとすると、すかさず藤矢が口を開いた。

「それは絶対に許可できませんね」

「では燕でも、小瑠璃さんでも構いません。少なくとも綿本さんを一人で寝かさない方がいいですよ」

どうやら悪ふざけの類ではないらしい。

「綿本さん」

「っ、はい」

「絞められたでしょう、首」

村雨は自分の首を、自分の両手で絞める仕草をして見せる。

それを目の当たりにした瞬間、雪音の喉《のど》もヒュッと鳴った。蘇《よみがえ》る息苦しさ。恐る恐る、自分の首に手をなぞる。

「あれ、ただの夢じゃなく……？」

悪夢の翌朝。鏡の中、自分の首元にあった赤黒い痣《あざ》のようなもの。いつの間にか消えていたけれど、確かに大きな手形のように見えた。

「神力がある者にとって、夢は重要な世界です。早梅は既に、夢のあなたには接触できる状態ですね」

——見つけましたよ、雪音。

光のない瞳《ひとみ》。黄泉《よみ》の底から響くような声。確かにあの生々しさは本物のようだった。

「くれぐれも呑《の》みこまれないように。心の強さが物を言いますよ」

その夜。初めて使う夫婦用の寝室は、広々としていて綺麗《きれい》だった。

カムフラージュ用の部屋のはずだったが、小瑠璃が定期的に手入れをしているため、隅々まで清潔だ。埃《ほこり》ひとつ落ちていないし、布団も枕もふかふかである。

香炉から漂うのは、村雨がくれたお浄《きよ》めの香木。部屋の四隅には盛り塩。それ以外はごく普通の寝室だ。

(なんでこんなに緊張してるんだろう、私……それどころじゃないのに……)

雪音は布団の上で項垂《うなだ》れる。雪音の悪夢対策として、藤矢はわざわざ布団を並べてくれるというのに。

「大丈夫か?」

「え、あ、すみません……お気になさらず……」

藤矢は自分の寝支度を整えていた。いつもかっちりした服装をしているため、就寝用の緩い浴衣《ゆかた》姿が新鮮で、雪音はつい見つめてしまった。

「……ああ、悪い」

ふと藤矢が浴衣の胸元を直す。

「えっ、見てないですよ!」

「いや見えただろう」

「ひえっ」

「痣が」

「……あ」

慌てて逸《そ》らした視線を、そろそろと戻す。

藤矢は苦笑いで、はだけた浴衣を摘まんでいた。

「俺はもう慣れたが、雪音には良くない刺激だから」

酷《ひど》い火傷《やけど》跡のような、暗い青紫色が覗いている。

呪詛《じゅそ》の証拠だ。以前一度だけ見せてもらった、あの痣。

「……痛むんですよね？」

「これ自体はさほど。呪詛の影響はあるが、それも薬でかなり楽になっている」

「そうですか……」

唇を引き結ぶ雪音に、藤矢は穏やかな声音で言う。

「もう寝ようか」

安心させようとしてくれているのだ。そう思えば、雪音も受け入れるしかない。

「今日は神力も使って疲れたはずだから」

神力は、術者の魂の体力のようなものでもあるという。酷使すれば疲労するのだ。

「大抵は寝たり食べたりの日常休憩で回復する。あまりに擦り減ったら別の手段を取ることもできる。薬やら術やら、効能に個人差はあるが」

「本当に身体と同じなんですねえ」

説明しながら、藤矢が電気を消した。室内はふっと暗くなり、枕元の間接照明がじんわりと光るだけになる。

「そう。身体と同じ。心のありようで、どうとでもなりうる」

藤矢が天井を仰ぐ。微《かす》かな衣擦《きぬず》れの音がする。

「さっき村雨先生も言ってましたね。心の強さが物を言うって」

「根性論は時代錯誤だろうが、実際のところ精神が脆弱《ぜいじゃく》だと、特格の神職はどうにもならない。心が折れれば、悪しき者に付け込まれる。逆に言えば、悪しき者はこちらの心を折るためになんでもするんだよ」

分かる気がする。先日の悪夢も、きっと早梅が付け入りやすい場所だったのだ。

雪音は夢の中で、一瞬諦《あきら》めかけた。もうダメだと思った。全身が闇に呑《の》みこまれようとする、あの喩《たと》えようのない感覚を覚えている。

だがあの悪夢は終わった。誰かが闇を、吹き飛ばしてくれたから。

「ありがとうございます、藤矢さん」

「ん？」

「何度も助けてくださって」

雪音は身じろぎ、横向きになった。体ごと藤矢の方を向く。

薄い暗がりの中、藤矢が微笑むのが分かる。その微笑みには、どこか苦しそうな、悲しそうな色が混ざっている。

（お礼を言うと、いつもこんな顔をさせてしまう）

困らせているのだろう。東京に向かう新幹線の中で、恩人のように扱わなくていいと言われたことを思い出す。

二人は利害関係ゆえの婚約だ。契約と言っていい。だから必要以上に恩義を抱かれては困るのだろうか。それとも、もっと違う理由があるのだろうか。

尋ねたい気持ちと、これ以上困らせたくない気持ちが混ざり合い、言葉が上手《うま》くまとまらない。

（何か、言わなくちゃ……）

考えているうちに、瞼《まぶた》が重くなってくる。急激な眠気で、体が泥に沈むようだ。神力を使った疲労が、いっきに押し寄せてきた。

「寝言……うるさかったら、すみません……」

「いいよ」

藤矢の声がする。衣擦れも。こちらを向いてくれたのだと分かるが、雪音の瞼はもうほとんど閉じている。

「困ったら、ちゃんと呼んでくれ。そうしたら助けに行ける」

藤矢が困ったときは、自分のことを呼んでほしいと思った。

絶対に助けに行くから。そう言いたいのに、眠りに落ちて言えなかった。


——夢の中では、これが夢だと認識できない。

雪音は葬儀場にいた。制服を着て、広い斎場の入り口に立ちつくしている。他の弔問客はいない。正面に大きな祭壇が組まれ、神鏡を囲むように溢《あふ》れんばかりの花や魚や米などの供物が捧《ささ》げられている。ごく一般的な、神式の葬儀だ。

(今日は誰のお葬式なんだっけ?)

思い出せない。雪音は吸い寄せられるように、白い棺《ひつぎ》に向かっていく。覗《のぞ》き込む。

『……藤矢さん?』

そこには青白い顔の藤矢が、白い狩衣《かりぎぬ》を着て眠っていた。

『どうして』

震える指先で、頬に触れ、ぞっとする。酷く冷たくて硬い。死体の感触だ。

『藤矢さん!』

藤矢から黒い煙が立ち上っている。狩衣の下の皮膚が、燃えるように黒く燻《くすぶ》っている。

『痣……』

呪いの印。いつの間にこんなに広がっていたのだろう。

ああやっぱり、平気だなんて嘘だった。だってこんなに、禍々《まがまが》しい気配が漂っている。

『これで未練もないでしょう』

雪音がハッとして振り向くと、早梅が立っていた。

真っ黒な服。髪。目。その佇《たたず》まいは、皮肉にも葬儀場に似つかわしい。

『楽ですよ、こちら側は』

手招きされている。近づいてしまう。行ってはいけないと分かっているのに、どうしてか足が動くのだ。

『居場所、ないでしょう』

背後で罵詈《ばり》雑言《ぞうごん》が聞こえる。聞き慣れた声だ。

『出て行け』『消えろ』『お前のせいで』『死ね』『死ね』『死ね』

父、母、弟。昔馴染みの氏子たち。地元の友人たち。恐ろしくて振り向けない。

耳を塞《ふさ》げば、どうしてか一層音量が大きくなる。栓が壊れた蛇口のように、恐ろしい声は止まらず、むしろ迫ってくる。

『あ、ああ』

背中を押された。たくさんの手の感触がある。嫌だ、やめてと拒絶するが、体に力が入らない。突き飛ばすように力を込められ、雪音は早梅の足元に転がった。

『これを切ればいいんですよ』

いつの間にか早梅の手に、細い糸が掲げられている。美しい白銀の糸。片方は雪音の小指に結ばれ、そしてもう片方は遠く彼方《かなた》に繋《つな》がっている。

ずっと遠くだ。温かい風が吹いている気がする。

糸の先に目を凝らす。

『……この糸を、たどれば』

手繰り寄せるより早い。立ち上がり、その糸を追って——


「……え、あ」

雪音が目を覚ました瞬間、藤矢の顔がアップで飛び込んできた。

(!?　なんで同じ布団に……!?)

心臓が破裂するほどに高鳴って、あわや悲鳴を上げそうになる。

慌てて息を止め、自分自身に語りかけた。落ち着いて、お願いだから落ち着いて。

(……よかった)

脈拍が平常運転に近づいてくると、次にこみ上げてくるのは安堵《あんど》だった。

辺りは薄暗く音もない。まだ夜中だ。壁時計は三時半過ぎを指している。

じいっと藤矢を観察する。瞼は閉じているが、体はゆっくり上下している。耳を澄ませば寝息も聞こえる。

……夢だったのだ。葬儀場で棺に横たわった、真っ青な藤矢は、夢だった。

(生きてる)

今触れれば、また雷が弾《はじ》けたように反発し合ってしまうだろう。もどかしかった。本当はこの手で体温を確かめたいし、心臓に耳を押し当てたい。

（平常時でそんなこと出来るのかって言われたら無理だけどね）

そもそも平常時だったら、こうして添い寝をすることもない。したいのかと言われれば……これも分からない。

（私って藤矢さんのこと、好きなのかな？）

信頼しているし、恩義も感じているし、助けになりたいとも思っている。

だがそれが恋愛感情なのかと問われたらどうだろうか。

夢から醒《さ》め、じわじわと現実に戻ってきているせいで、こんな考えごとができてしまう。

（分かんないな……今までだったら友達に相談したり……）

物憂げな気持ちになり、思わず目を伏せた瞬間、

「また、悪い夢を見たのか？」

と、藤矢の声が降ってきた。

「！」

「おはよう」

「おはようございます！」

「元気だな……？」

「はい。元気です」

ハキハキと答える雪音に、藤矢が困惑した声を上げる。その声色はいつもより少し低

く掠《かす》れていた。

藤矢が身じろぎ、ごそごそと衣擦《きぬず》れが鳴る。もう離れるのかと、どこか残念な気持ちでいたが、彼はただ姿勢を直しただけで、雪音の顔を覗き込んできた。

「覚えているか？」

「……添い寝の経緯を？」

「悪夢の内容を」

ああ、そっちかと思える程度には、雪音は落ち着いていた。寝起きの顔を至近距離で見られていることに、いくらかの羞恥心《しゅうちしん》を抱くほどである。

だが藤矢は、雪音の質問の方を優先させてくれて。

「うなされていたから呼びかけたけど、返事がなかった。以前寝ぼけた君が、一緒に寝ないかと誘ってきたことがあったからこういう姿勢に……」

寝耳に水だ。まるで覚えがない。

「結果的には助かったよ。これだけ至近距離にいれば、触れずとも干渉ができる」

「干渉、ですか？」

「ああ。君の夢に」

先ほどまで見ていた夢の内容を、改めて思い出してみる。

雪音の小指に結ばれた、美しい銀糸。どこかずっと彼方に繋がっていて、それを辿《たど》っているうちに、いつの間にか夢から醒めていたのだ。

「あの糸の先に……？」

夢から醒めた今なら分かる。あれは藤矢に繋がる縁の糸だ。

藤矢いわく、雪音の側に寄り添い、呼吸を合わせて術を使ったという。結界を反転応用したようなやり方で、藤矢の意識を雪音の夢に潜入させるようなものだったと。

より高度な術者であれば、意思を持って雪音に語りかけることもできるそうだ。今夜の藤矢は、中身の見えない容器に、指先だけを入れたようなものだったらしいけれど。

「その術、危険ではないんでしょうか？」

「……今その心配はいらない」

「そうはいかないです。夢の中の早梅は本物なんですよね。捕まったらどうなりますか？」

事実、早梅は繋がった糸を切れと言ってきたのだ。

「隠さないでください」

至近距離で見つめられ、藤矢は観念したように肩をすくめた。

「傷つけられれば、現実の心身にも多少のダメージはあるだろう」

「やっぱり……」

雪音はショックを受け、固まってしまう。

「まあでも、こちらも戦いに備えれば……」

そして藤矢の言葉を遮り、勢いよく立ち上がった。

「もう添い寝は禁止です！」

「はっ？」

「近くにいないと、夢には入れないんですよね？　ではもう私、一人で寝ます」

「待て、そうしたら悪夢はどうする」

「耐えますので！」

狼狽《ろうばい》して立ち上がる藤矢を、雪音はひらりとかわす。

「おい、待て待て！」

「さあさあ出ていってください！　いつも通りに！　ご自分のお部屋で寝てください！」

「雪音！」

藤矢の枕を摑《つか》んで押し付け、そのまま彼の体を廊下に追い出した。こうすれば反発も生じないらしい。

「まず話を」

「明日しましょう！」

勢いよく襖《ふすま》を引き、藤矢を締め出す。

「今入って来たら、私も結界を張ります」

武力行使だ。雪音の結界は、相手の攻撃を数倍にして跳ね返してしまう。しかもまだ未熟で、威力の調整もできない。藤矢はそれを知っている。

「……分かったよ。おやすみ」

しばらくお互いの気配だけがあったが、やがて藤矢がそう言い残し、その場を立ち去った。

静かな足音が遠ざかっていくのを聞きながら、雪音はずるずるとその場にへたり込む。

(なんて失礼なことを……)

藤矢は助けてくれたのに、こんなにも勝手に拒絶してしまった。

だがどうしても、耐えられなかった。雪音の身を守るために、藤矢を危険に晒《さら》すなんて。

(要するに、寝なければいいんでしょう。寝なければ！)

無論ずっと眠らないのは不可能である。今後は第三者が気軽に起こしてくれるような環境で眠ればいいのだ。

そう心に決め、雪音は「走りにでも行こうかな」などと考え始めた。


翌日の昼休み。開學院高校の空き教室にて。

燕は物々しい口調の藤矢から、『婚約者と初めて添い寝をして、途中で追い出された』という、信じ難い事実を明かされていた。

「〜〜〜っ、あっははははは」

「笑いごとじゃない」

「いやうん、そうだよね……っぷ、う、っくくく」

「燕！」

燕は目尻《めじり》に浮かんだ涙を拭《ぬぐ》い、呼吸を整えようとする。

「お嬢もやるねえ、いい意味で裏切ってくれる～」

「そんな裏切りはいらない」

「メリハリがあって楽しい新婚生活なんじゃない？　刺激的っていうのかな」

「刺激もいらないんだよ……」

がっくりと肩を落とす藤矢。燕はその肩をばしばし叩《たた》きながら、心の底では感心していた。

肉親を殺され、自分も命を取られる一歩手前までいった雪音。彼女にとって早梅は存在自体が恐怖の対象のはずだ。それでもなお、藤矢に危険が及ぶのを避けるために、迷いなく行動できてしまうとは。

「それで？　お嬢はどうなったの？」

「今日から昼間に寝るのはどうかって言い始めたんだよ」

「あー、誰かに起こしてもらえる環境でって？」

「そうだ……本気で止めた……」

燕にとっていよいよ意外だったのは、藤矢のこの反応だ。

境遇のせいもあり、いつもクールで達観したところのある藤矢が、年下の婚約者に振り回されている。

燕からすれば、その様子はどこか年相応に見えて愛らしくもある。正直に伝えれば酷《ひど》く叱られるだろうから、口は噤《つぐ》んでおくけれども。

「……何だ？」

「いんや？」

「ニヤつくな腹が立つ」

今日も空はよく晴れていて、うららかな春の日差しが窓から差し込んでいる。

「え、何それ」

ふと藤矢が取り出したアルミホイルを見やり、燕はまたも目を丸くした。

「おにぎり」

「見れば分かるけどさ」

「……朝まで起きてて時間があるからって、雪音が握ったんだよ」

「えー！　愛妻弁当！」

「いらないとは言えないだろうが……」

ため息をつきながら、藤矢はアルミホイルを剝《む》き、ボール型のおにぎりを齧《かじ》る。

「小瑠璃ばーちゃんの弁当も食わない藤矢くんが」

「作ってしまったものは仕方がない」

「食わなきゃいーじゃん」

「美味《おい》しかったとでも言ってやらないと、さすかに気の毒だ」

ああなんだ。燕は色々腑《ふ》に落ちて、自分も昼食のパンにかぶりつく。

結局藤矢は藤矢だ。色々と新鮮な姿ではあったけれど、雪音への反応のすべてが、彼の優しさに起因しているのだろう。

「昼休みは勉強していると伝えたから、片手でも食べられるおにぎりらしい」

とぶつぶつ言いながら、おにぎりを小さく齧っている。

燕はてっきり、おにぎりは数口食べて、あとは処分するのだと思っていた。なんなら燕が処理してもよかった。

しかし藤矢が米を咀嚼《そしゃく》しながら、徐々に目の色を変えていくのを見てハッとした。

「ちょっと、藤矢くん？　大丈夫？」

尋ねながら、背筋にひやりとしたものを感じる。

もしかして何か、毒でも盛られていたのではないか。ならば今すぐ吐き出させて……

「味がする」

毒よりももっと、驚くべき事態だった。

「……ほんとに？」

「ああ……うん。する」

確かめるように、おにぎりを口に運んでは咀嚼する藤矢。これには燕も愕然《がくぜん》とし、食べかけのパンを落としそうになる。

「いつから？」

「いや、今初めて」

「こっちも試しに」

「あ、ああ」

燕から食べかけのパンを受け取り、一口分むしって食べる。しばらく口を動かして、と首を傾げた。生地全体にチョコレートが練り込まれている上、中にもたっぷりチョコレートクリームが入っている、おにぎりよりよっぽど味が濃いはずの食べ物なのに。

「……これは、味がしない」

しかし再びおにぎりに戻ると、やっぱり「味がする」と言う。

「どうして……」

藤矢には味覚がない。正しくは一年以上、麻痺《まひ》状態にある。

呪いによる不調のひとつだろう。熱い、冷たい、炭酸くらいの単純な刺激は感じ取れるらしいが、あとは何を食べても無味。粘土や綿を噛《か》んでいるのと変わらないそうだが、本人は「元々食事を楽しむ趣味はない」と、エネルギー食品ばかり摂《と》るようになった。

それが、今。雪音の握ったおにぎりをもりもりと。既に二個目を手に取っている。

「こっちは鮭……」

「ちょっ、ちょっと！　俺にも一口！」

「……え」

「確かめるだけだよ！　全部食っちゃったりしないから！」

どこか不服そうな藤矢から一口だけもぎ取り、もぐもぐ味わってみる。

「……フツーのおにぎりだなー」

米も海苔《のり》も具材の鮭も品は良い。御景本家の台所にあったものだから当然だろう。

だがそれ以外では、何の変哲もないおにぎりだ。綺麗《きれい》なボール型に握られ、アルミホイルの中で海苔がしんなりと米に馴染《なじ》んでいる、ザ・家庭料理。

「お嬢の手料理って、これまで食ったことあった？」

「ない。今回が初めて」

「取り敢《あ》えず、そのおにぎり一口残しておきなよ。蛍輔先生に鑑定してもらお」

「そんな顔すんなって……問題なかったら、またお嬢に握ってもらえるでしょ」

「………そうだな」

燕と藤矢の付き合いは、もう十年以上に及ぶ。だがこんな藤矢を見るのは初めてだった。

「そう言えばこの前、雪音と夕食を取ったんだ。そのときは小瑠璃が作った料理を」

そこで食べた山菜料理で、ほんのり苦みを感じた覚えがあるという。

「気のせいかと思ったが……」

当惑する藤矢を前に、燕も複雑な気持ちだった。

要するに自分の主人は、「婚約者のおかげで味覚が戻っている」と言っているようなものだから。

そのころ。しょぼしょぼと目を擦《こす》りながら、雪音はいつもの図書棟裏のベンチに座り込んでいた。

(さすがに眠いなぁ……)

ようやく昼休みだ。四時間目の数学は抜き打ちで小テストが実施され、ただでさえ活動が鈍っている脳が、ギリギリと締め付けられる気分だった。

そもそも開學院の学力レベルはかなり高い。特格科には神力を活《い》かす授業があるとはいえ、一般高校生のカリキュラムもがっつり組まれている。

(藤矢さんって、確か成績学年トップなんだっけ……すごすぎる……)

午後は体育と地理。未《いま》だ友達がいない雪音にとって、移動教室ものは気が重い。気持ちを切り替えようと、弁当箱を開く。

(はあぁ～今日も小瑠璃さんのおかずは芸術品だ～～)

カリカリ梅で色づいたミニハンバーグ、ブロッコリーのマリネ、タケノコの土佐煮、いり卵と鶏《とり》そぼろと絹さやの三色ごはん。

「いただきます！」

両手を合わせ、弁当に箸《はし》をつける。味の沁《し》みたタケノコは、一口噛むだけでじゅわっと旨味《うまみ》が広がって、思わずニヤけてしまう。

(藤矢さん、おにぎり食べてくれたかな)

ふと今朝のことを思い出す。

夜明け前からの時間を持て余し、握ったおにぎり。藤矢はいつも早弁をしてしまうと言っていたので、おやつにでもしてくれればいいと思ったのだ。

寝室から追い出した数時間後だったため、藤矢の顔つきは依然険しく、「後でちゃんと話そう」と念を押されてはいるけれども。

(今度小瑠璃さんに料理教わりたいなあ……これからは藤矢さんの好きなものとか作れないかな)

小瑠璃がしてくれることに何ひとつ不満はないけれど、藤矢が自分の作ったもので喜んでくれたらと想像してしまう。

「あー、いたいたー」

ふいに、聞き覚えのある甘ったるい声に、思考を遮られた。

「わーたもーとさーん」

浮ケ谷涼乃が、手を振りながらこちらに歩いてくる。

「先輩……ごきげんよう」

「あっはは、何？　ウケる」

「ゴキゲンヨウ～」

けらけらと笑い声を上げているのは、涼乃ではない。

彼女は一人ではなかった。彼女を中心に取り巻くように、女子生徒が五人。学年ごとに異なるスカーフのカラーがバラけており、三年生が二人、二年生が二人、一年生が一人の大所帯である。

「……あ」

唯一の一年生の顔に、見覚えがある。目が合った途端、刺すように睨《にら》みつけてきた。

（山吹さん……そっか、そういう関係か）

点と点が結びつく。雪音に対し、クラスで一際キツい態度を取っていた山吹蕾火。涼乃が以前語っていた「雪音について教えてくれる、仲良しの一年生」というのは、彼女のことだったようだ。

雪音は口の中に残っていたおかずを素早く咀嚼し、箸を置く。

同時に、雪音の両隣にドカッと腰を下ろす、見知らぬ三年生二名。

「こんなとこでお昼してたんだ～」

涼乃は雪音の正面に立ち、にこやかな笑みで見下ろしてくる。

「先日はどうも～」

ぎくりと身が強張《こわば》る。週末をまたいで忘れかけていたが、涼乃と最後に会ったのは、御景本邸の玄関先。あのひと騒動以来の対面だ。

「わ、美味《おい》しそうなお弁当。教室で食べたらいいのに」

「先輩〜、綿本さんなりに気を遣ってるんですよぉ。食事どきに一緒にいたいような人じゃないですもん」

見知らぬ二年生が声を上げ、皆が「そうだよね〜！」と手を叩《たた》く。

「私に何かご用事があるんじゃないかって、ずっと待ってたのよ」

「えっと……」

「言いたいこととか、やって見せたいこととか。ほら、この前の続きとか？」

涼乃がくすくす笑う。取り巻きの女子生徒たちも続く。嘲《あざけ》りを帯びた笑い声が、四方八方から雪音に浴びせられる。

「浮ケ谷先輩が躾《しつ》けてあげたって聞いたよー？」

「なのに逃げ出しちゃったんだってね」

「ダメじゃん！　ただでさえ劣等生スタートなんだから」

「出遅れないように頑張らないと。ねっ」

ぽん、と片側から肩を叩かれる。もう片側からは背を。

（土下座をやり直せ、ってことだよね……）

正直ごめんだ。今の雪音は制服姿で、地面は小石交じりで湿り気のある土。膝《ひざ》をついたら痛いし汚れる。

何より心が受け入れない。あの日無抵抗の小瑠璃に、先に手を上げたのは涼乃の方だ。

躾《しつけ》などという勝手な理屈を並べながら、彼女が意地悪く笑っていたのを忘れられない。

「ねえ、早くしてちょうだいよ」

飴玉《あめだま》を転がしたような、ベタついた声。

「チャンスをあげてるのよ。あなたみたいな穢《けが》れた子、本当は口を利くのも嫌なのに」

涼乃の手が、雪音の膝にあった弁当箱に伸びる。そして抵抗する隙すら与えず、雪音の頭の上に、中身をばらばらと振りかけた。

「え……」

呆然《ぼうぜん》とした雪音の髪や頬を、米やおかずが落下していく。

「きゃーっ、やだー！」「もったいな～い」

彼女たちはどっと沸く。めいめいがひときわ高い声で、涼乃の大胆さを賞賛し、雪音のみすぼらしさを嘲笑《ちょうしょう》する。

（小瑠璃さんが作ってくれた、お弁当……）

スカートの濃紺に、カラフルないり卵や鶏そぼろが散る。丸みを帯びたハンバーグがころころと地面に転がり落ち、涼乃のローファーに踏み潰《つぶ》された。

「拾いなさいな」

両サイドから腕を引かれ背を押され、雪音は地面に膝をつく羽目になった。

「てか食えば？」

「あっはははは、キッツ」

「涼乃さんのプレイじゃん」

「だってまだお食事中だったんでしょ？　お恵みは与えて差し上げないと」

地面スレスレまで、後頭部を押さえつけられる。結局、無理やり土下座の姿勢にさせられていた。

「無知な綿本さんは、この姿勢を土下座とおっしゃったけど」

頭上から、ご機嫌な声が降り注ぐ。

「平伏と言うのよ。格上のものの前に、人はへりくだるものなの」

「…………」

「もしかして、自分の格が分からないのかしら？」

くすくす。くすくす。

「御景でも、学校でも鼻つまみものにされてるの、理解してるわよね？」

「…………」

「ね？」

ご機嫌に微笑み、涼乃はチラリと振り返った。

「蕾火」

「はい」

「火を頂戴《ちょうだい》」

一歩後ろに控えていた蕾火が、ポケットから親指サイズの小瓶を取り出す。透明なガラスの中で、赤い炎がゆらゆら揺れる。

「これはね～、特格の神職が起こした斎火《いむび》のことだ。舞錐《まいぎり》や揉錐《もみぎり》、弓錐《ゆみぎり》などの摩擦法で起こし、お炊き上げや供物の調理など、様々な神事に用いる。

斎火は『忌火《いむび》』とも書く、神社における清浄な火のことだ。舞錐や揉錐、弓錐などの摩擦法で起こし、お炊き上げや供物の調理など、様々な神事に用いる。

「特格神社の斎火は、一般の斎火とは一味違うの。不浄なものを焼いて、清らかにしてくれるのよ」

涼乃が小瓶の蓋《ふた》を開け、自身の指先に炎を灯《とも》す。生身の指をろうそくのように用いているが、熱そうでもなく、皮膚が燃える様子もない。本人の言う通り、特殊な炎なのだろう。

「綿本さんのことも、この炎で綺麗《きれい》にしてあげるわね」

「えっ、や……っ」

涼乃の指先が、雪音の顔に近づく。思わず背けた。

(熱い……！)

やはり炎は炎だ。肌に触れれば、普通の炎と同じように火傷《やけど》をするに違いない。

「ほら逃げないの。みんな押さえてあげて～」

「はーい」

三人がかりで全身を押さえつけられ、身動きが取れなくなる。ぐっと後ろ髪を引っぱられて、顔だけは涼乃を見上げる姿勢になった。

「どこにする？」

「根性焼きって言ったらやっぱ腕でしょ」

「昔のヤンキーじゃん」

「夏服になっても隠れるとこがいいんじゃね？」

「じゃあやっぱボディかな～」

制服を捲《まく》し上げられ、腹部が露出した。ひゅっと喉《のど》が鳴り、全身が強張る。

本気だ。彼女らは本当に、雪音の皮膚を焼き、痛めつけるつもりなのだ。

「や、めて……っ」

「やめないわよ。これは御景神社のためだもの」

雪音が息を呑《の》むのを、涼乃はいよいよ嬉《うれ》しそうに見つめている。雪音の動揺を、めいっぱい堪能《たんのう》しようとしていた。

「禍津神《まがつかみ》のお手付きが、次期大宮司のお嫁さんなんてとんでもないって、みんな怒ってるのよ」

涼乃の瞳《ひとみ》には炎が映って、爛々《らんらん》と輝いている。

「綿本さんが穢《けが》れてるせいよ」

皮膚すれすれに、炎が近づく。熱い。背筋が粟立《あわだ》つ。

「あ、蓄火。悲鳴を上げさせないでね」

「……はい」

蕾火が指を伸ばし、雪音の額に押し当てると、ぼそりと何かを呟《つぶや》いた。首を絞められたような束縛感が、雪音の喉を襲う。

(声が出ない)

何か術をかけられたのだと理解した瞬間、腹に熱いものが触れ、頭が真っ白になった。

「……っ」

じじっと、聞いたことのない音がする。ぐっと深く、誰かの指先が皮膚に潜る。先にきた感覚は「痛い」。遅れて「熱い」だった。

思わず目を瞑《つぶ》る。生理的な涙がこみ上げて、ぼろぼろと頬をつたう。

少女たちの歓声が沸き上がる。炎が離れたその場所に、涼乃が爪を立てるのが分かった。

「これじゃあ、藤矢くんに抱いてもらえないわね」


昼休み終了のチャイムが鳴っても、雪音はそこから動けなかった。

腹部は火傷していたが、大したことはないだろう。衝撃はあったが、涼乃らも重傷を負わせるつもりはなかったらしく、少し炙《あぶ》った程度で満足し解放された。

(怪我も絶望も、早梅に襲われたときと比べたら、全然マシ)

雪音は自分に言い聞かせる。嫌われているのは分かっていた。怪我だってじきに治る。——禍津神のお手付きが、次期大宮司のお嫁さんなんてとんでもないって、みんな怒ってるのよ。

だがこれは応《こた》えた。藤矢とは両者の利益のために婚約をしたはずだけれど、現実は自分の存在自体が、彼の足を引っ張っている。

（私、何やってるんだろう……）

花壇用の水場でハンカチを濡《ぬ》らし、炙られた腹部に押し付ける。じんじんと疼《うず》くような痛みがある。保健室に行きたいところだが、治療の口実が思いつかない。

（あ、だめ。また泣きそう）

一度溢《あふ》れたら止まらなくなりそうで、慌てて空を仰ぐ。春の終わりの、のどかな空。ちぎれた雲が、午後の光をはらんで緩やかに流れている。

「入学早々サボりとは、なかなか肝が据わっていますねえ」

静寂が突如破られた。誰かが視界を遮っている。

「!?」

村雨がベンチの背後に立ち、雪音の顔を覗《のぞ》き込んでいる。

「ご、ごきげんよう、先生」

「はいはいごきげんよう」

動揺し過ぎて、咄嗟《とっさ》の対応に迷う。ひとまず、めくれたままの制服の裾《すそ》を戻して、濡れたハンカチも隠す。

「どうしてこんなところに？」

「受け持ちの授業がないんですよ。講師ですから、他の先生よりだいぶ暇なんです」

雪音は居住まいを正し、ベンチの隣を空けた。身じろぐと腹部が痛むが、顔の筋肉にぐっと力を入れ、表情に出ないよう努める。

「綿本さんのクラスは、今頃体育ですか」

「はい。多分ソフトボールです」

「それはサボって正解です」

村雨が現状を咎《とが》めることはなかった。雪音の隣に腰を下ろすと、空を見上げている。

「僕も学生のころ、球技の授業に出た記憶はありません」

「球技が嫌いなんですか？」

「運動全般が苦手ですが、殊更苦手でしたね。ほら、球技は運動神経というより、コミュニケーション能力が重要でしょう」

雪音は頷《うなず》く。大抵の球技は、チームメイトとの連携が物を言うだろう。

「意外ですか？」

「えっ」

「目を丸くしてるものですから」

（こっちを見てないのに、どうして分かるんだろう？）

小首を傾げつつ、雪音は答える。

「先生は、むしろコミュニケーションが上手なイメージがあって。生徒をよく見ているし、授業も面白いし」

「それはあなた、勘違いですよ。先生と生徒のコミュニケーションは、キャッチボールではなくストラックアウトですから。僕は一方的に投げつけるのは得意ですが、リズム良くやり取りをするのは苦手です」

その証拠に、と村雨が指を立てて見せる。

「僕には友達が一人もいません」

「ひっ、一人も、ですか？」

「はい。学生時代は黒歴史です。ずっといじめられっ子でしたしね」

その瞬間、雪音の心臓がどきりと痛む。

「綿本さん、今日はもう早退しませんか？」

突如、村雨がすっくと立ち上がった。

「えっ、ど、どうでしょう」

「今から合流しても体育は間に合わないでしょうし、地理はあなたの得意科目ですから、一度や二度サボったくらいでどうにもならないでしょう」

「……先生、よくご存知ですね」

「担当する生徒の時間割や成績を把握するのは、教師の基本だと思いますよ。では裏門で待っていてください」

「え、は、はい？」

「あなたの荷物を取ってきます。担任の先生には、僕が連絡をします」

戸惑う雪音を置いて、村雨は手早く状況を整えていく。

「付き合ってほしいところがありまして」


連れて来られたのは、古びた銭湯だった。

開學院からは徒歩十分程度。雪音の通学路とは反対方面の住宅街にある。

「どうして銭湯に……？」

「お風呂《ふろ》に入るためですよ」

それはそうだろう。村雨は常連らしく、小脇にマイ桶《おけ》やマイシャンプーがしっかり収められている。

銭湯は昭和《しょうわ》にタイムスリップしたような、昔ながらの外観だった。長い煙突が伸び、暖簾《のれん》には「ゆ」という文字が躍っている。

「裏手にロビーがありますから、お風呂から上がったらそちらで待ち合わせましょう」

村雨は番台で二人分の料金を支払い、購入したタオルやシャンプーを渡してくれる。

「髪もきちんと乾かしてくださいね。僕は長湯ですので、どうぞごゆっくり」

そしていつになく俊敏に、男湯に姿を消した。

(……私、お弁当臭かったのかな？)

何にせよ、ここまで来たら風呂に入る以外の選択肢はないのだろう。雪音も女湯の暖簾をくぐった。

営業が始まってすぐということもあってなのか、他の利用客はいない。

脱衣所で制服を脱ぎ、改めて眺めると、やはり泥や弁当でそれなりに汚れている。

(お腹は……)

脱衣所の大きな鏡で、炙られた腹を見た。直径十センチ程度に赤く変色している。

折角の銭湯だが、あまり温めないようにしようと心に決め、浴室に足を踏み入れる。

「すごい……」

思わず感嘆が漏れた。天井は高く、壁にはタイル絵で富士山《ふじさん》が描かれている。立ち上る湯気と、満ちたお湯の匂いに、全身が緩む。

(この雰囲気を味わえただけでも、ちょっと元気になったような)

腹部を手ぬぐいで押さえて、シャワーを捻《ひね》る。汚れた顔や髪を慎重に洗いながら——

ふと、違和感を抱く。

(あれ、なんかこのお湯……)

気のせいだろうか。シャワーのお湯を浴びたところが、やけに清々《すがすが》しい。

冷水に切り替え、手ぬぐいを絞って患部に当てたとき、それは確信に変わった。

(やっぱり!)

火傷《やけど》の痛みが消えていた。温かい布で包みこまれたような、優しい感触がある。恐る恐る温かなシャワーを当ててみても同じだった。

「湯船にーー浸《つ》かってみてくださーーい」

ふいに村雨の声が飛んできた。古い造りのため、壁の上部で男湯と女湯が繋《つな》がっているのだ。

「このお湯ってーー?」

他の入浴客がいないのをいいことに、雪音も声を張り上げる。

「清浄な湧き水を引いてますーーー」

なるほどと納得して、湯船に足先を入れる。柔らかな痺《しび》れに覆われながら、ゆっくりと肩まで浸かった。

(お腹が、気持ちいい……)

何も気にならないどころか、優しく撫《な》でられているような気分になる。

「いい湯だなぁ……」

タイル張りの天井を眺めながら、気づけばそう呟《つぶや》いていた。隣の男湯からは、村雨のものと思《おぼ》しき鼻歌が聞こえてくる。

静謐《せいひつ》なもので満たされた、夢の中のような時間だった。天窓から差し込む光が、浴室内に優しく差し込む。ちゃぷちゃぷと水音が響き、時折遠くで犬が鳴いたり、自転車のベルが鳴ったりする。

（悪いものが全部、お湯に溶け出していく感じ）

村雨の言葉に甘えてのんびりと湯船に浸かり、洗った髪も丁寧に乾かしてロビーに出た。学校ジャージに着替えたこともあり、全身がとにかくさっぱりしている。

ちょうど男湯から出てきた村雨は、雪音と目が合うと、

「ノーマル、フルーツ、コーヒー。どれがいいですか？」

と問うてきた。すぐ側には牛乳メーカーのロゴが入った冷蔵ケースが置かれていて、牛乳瓶がみっちりと詰まっている。

「ごちそうさまです！」

村雨はコーヒー牛乳、雪音はフルーツ牛乳の瓶を手に、隣同士の籐椅子《とういす》に腰を下ろす。

「ここは日本に数少ない、御神水を沸かした銭湯なんです」

フルーツ牛乳で喉《のど》を潤しながら、雪音はジャージの上から、そっと腹部に触れる。痛みがまるでなくなっていた。

「完全に治ってはいませんよ」

そう言い放ち、村雨はコーヒー牛乳で喉を鳴らす。そして雪音を見つめた。

「学校側に伝えましょう」

「え……」

「あまりに陰湿だ。立派な傷害事件です」

目元を歪《ゆが》ませ、憎々しげに言う。牛乳瓶を握る手に、力が込もっている。

怒ってくれているという安堵《あんど》。それに続いて焦燥感が湧き上がって、雪音は慌てて身を乗り出した。

「それはダメです……！」

「はい？」

「そうしたら藤矢さんに伝わって、藤矢さんはきっと、怒ります」

「それはあなたではなく、嫌がらせをした相手に怒るんですよ」

「そうです。それがダメなんです」

村雨が目を眇《すが》める。いたたまれなくなって、雪音は視線を伏せた。

「藤矢さんは今、味方を増やさなくてはいけない状態で……それなのに、同じ御景一族の誰かを糾弾したりしたら、むしろ敵が増えてしまいます」

「……やはり主犯は、三年の浮ケ谷さんですか」

「あ」

「見当は付いていました。彼女は学内の行動も、目に余るものがありましたし」

悩ましげに額を押さえる村雨に、申し訳なくはある。教師の立場があるのに、見逃してくれとお願いしているのだ。

「先生」

「……口裏を合わせましょう。ただし藤矢の縁切りを終えるまでです」

しばし考え込み、村雨はそう絞り出す。

「〜っ、ありがとうございます！」

勢いよく頭を下げながら、雪音は胸を撫で下ろした。

タイムリミットは縁切りを終えるまで。つまり、藤矢の二十歳の誕生日までということだ。

「三年か……」

そう呟いて、村雨は眉間《みけん》を寄せる。

「もう三年しかない。ですが十代の学生にとっては、酷《ひど》く長い時間のはずです」


雪音が帰宅すると、玄関先に藤矢の靴がそろえられていた。

「ただいま帰りましたー」

人の気配を探すと、藤矢と小瑠璃が並んで台所に立っている。

「え……？」

困惑する雪音を振り返り、藤矢は「おかえり」と平然と言った。制服の上に無地のエプロンを装着し、小瑠璃と並んでスープを煮込んでいる。

「わ、私も何か手伝います」

小瑠璃からスナップエンドウの筋取りを頼まれ、雪音はいそいそとダイニングのテーブルに腰を下ろす。

「俺も」

スープがひと段落したらしい藤矢も、隣に座ってエンドウの山に手を伸ばし——ふと、雪音の方に顔をにじり寄せた。

「ひゃっ」

「何かいい匂いがしないか？」

唐突に距離が縮まり、雪音はビクッと跳ね上がる。藤矢は鼻をすんと鳴らし、「やっぱり」と勝手に納得しているが。

「石鹸《せっけん》の匂いだ」

「……っああ！　お風呂に入ったからですね」

声が上ずってしまって恥ずかしいが、藤矢の言っていることは分かった。

「風呂に？」

しかし藤矢の方は、眉間の皺《しわ》を深める。

「はい。村雨先生と」

「は⁉」

「え⁉」

一瞬あらぬ誤解が生まれてしまったが、雪音が学校近くの銭湯の話をすれば、

「ああ、あの銭湯か。源泉かけ流しの御神水風呂《ぶろ》なら、神力の疲労回復にも適切だ」

と、藤矢も納得してくれた。

「藤矢さんは、どうしてお料理を？」

「……少し試してみたいことがあって」

詳細は教えてもらえなかったが、特に不満はなかった。鼻歌まじりに筋取りをしていると、横から藤矢にじいっと見つめられていて。

「嬉《うれ》しそうだな……？」

「はい、嬉しいです。誰かと食べるごはんは、貴重で素敵ですよ」

しみじみとそう思うのだ。実家の団欒《だんらん》を失い、高校では友達もできず、一人きりで食事をすることが増えた。食べ物自体がどんなに美味《おい》しくても、寂しさの味が邪魔をする。

「誰か……」

藤矢のその呟きはあまりにささやかで、雪音には届いていなかった。

数日後の朝。登校した雪音は、まず更衣室に向かった。

今日は体育の授業がある。先日の銭湯帰りに着たジャージを、個人ロッカーに収納す

るつもりだった。

　朝練をしている運動部員は、それぞれの部室で着替えをする。そのため一般の更衣室はしんと静まり返っていた……が、人影があった。

「あっ」

「……あ」

　見覚えのある女子生徒が、足音もなく入ってきた雪音を見やり硬直している。

「お、おはよう」

「………」

　思わず挨拶《あいさつ》をしたが、返してもらえない。

　それもそのはずだ。相手は山吹蕾火。涼乃と共に、雪音を取り囲んだうちの一人なのだから。

　その蕾火が今、何故か雪音のロッカーを開けている。

「えっとー……そこ、私のロッカーだよ？」

　間違って開けちゃったんだよね。出席番号近いもんね。

　そんなニュアンスで伝えたつもりだったが、彼女はキッと雪音を睨《にら》みつけた。

「知ってる……っ」

　この場でくらい誤魔化してくれればいいのに、と思う。学年違いの先輩とはまた違う意味で、クラスメイトと一対一で揉《も》めたくはない。

（それにこの子……やりたくてやってるわけじゃなさそうなんだよね）

目の前の蕾火をちらちらと観察する。悔しげに噛《か》み締めた唇、強張《こわば》った目元。どこか怯《おび》えたように、全身を縮こませているように見える。

彼女は授業中に雪音を糾弾したことがあるが、あれは事実無根な言いがかりをつけたわけではなかった。先日も涼乃たちと一緒にいたけれど、表情はいつもどこか引きつっていた。

（先輩相手に逆らえないのかもな……）

今もそうなのかもしれない。何か盗んで来いと命令され、更衣室に来たとか。

（手ぶらで先輩のところに帰るのも大変だよね……仕方ないか）

雪音は内心ため息をつきながら、持っていたジャージの袋を差し出した。

「どうぞ」

「えっ？」

「私のジャージ」

「……え？」

蕾火はジャージと雪音の顔を交互に見つめ、目を白黒させている。

「切ったり落書きしたりは、なるべく避けてもらえると……」

「……正気？」

彼女は困惑した表情のままだ。だがそれでも、雪音が本気でジャージを渡そうとしていることは伝わったらしい。ほどなくして、おずおずと手を伸ばしてくる。

「～～～っ」

そうして顔をくしゃくしゃに歪《ゆが》め、奪い取るようにジャージ袋を摑《つか》んで、更衣室から走り去ってしまった。

（午後の体育どうしよう……突然雨とか降り出して中止になればいいのに……）

雪音は窓の外を見つめる。雲ひとつない、清々《すがすが》しい青空が広がっていた。


昼休み。弁当箱を抱え、雪音は廊下をとぼとぼ歩いていた。

（今日はどこでお弁当にしよう……）

さすがにあんなことがあってからは、図書棟裏のベンチに足を運ぶ気にはなれず、かと言って人目の多い教室は居心地が悪く。

この数日は、空き教室巡りが日課になっていた。今日もきょろきょろしながら進んでいると、

「わっ」

突如背後から腕を引っぱられ、物陰に引きずり込まれた。反射的に手足をバタつかせると、人にぶつかった感触と共に「きゃあっ」と悲鳴が上がる。

そこには尻《しり》もちをつき、雪音を睨みつける蕾火の姿があった。

「ごっ、ごめん！　怪我してない？　保健室行く？」

慌てて駆け寄り、手を差し出した。しかし蕾火がその手を取ることはなく。

「…………」

憎々しげに雪音を睨みつけたあと、何故か辺りをきょろきょろ見回して「よし」と頷《うなず》く蕾火。

「行くわよ」

「うん、保健室ね」

「違うわよ。お昼よ」

「……？」

「先輩たちはいないわ。私とサシよ」

人差し指でくいくいと招く。どこか挑戦的な仕草にも見えるが、その手には布製のトートバッグがあり、中からパン屋の紙袋が覗《のぞ》いている。

「あなたもお弁当派でしょう。静かで良い場所があるのよ」

目を白黒させる雪音に背を向け、蕾火はずんずん歩いていく。

（ランチに……誘われている……？）

そうして案内されたのは、弓道場横のベンチだった。フェンスを挟んだ目の前に的場がある。

「ちゃんとした観客席は反対側ね。ここは校舎側からしか入れないから、弓道部の部員や先生たちはまず立ち入らないの」

ベンチは雨風に晒《さら》されて汚れていたが、蕾火はトートバッグからピクニックシートを取り出して「どうぞ」と敷いてくれた。

「ありがとう。準備いいね」

「たまに来たくなるから、学校に置いてあるのよ」

お言葉に甘えて、ファンシーなキャラクターが描かれたピクニックシートに腰を下ろす。蕾火も続き、二人は隣り合わせになった。人一人分の距離は空いているけれど。

「…………」

「…………」

沈黙。誰かの笑い声や、吹奏楽部の昼連の音が、そよ風で流されていく。

先に沈黙を破ったのは蕾火だった。茶色い紙袋をごそごそさせて、大きなパンにかぶりつく。意外に豪快な仕草だった。

「いただきます」

「私も、いただきます！」

どこか心がほぐれ、雪音も弁当箱の蓋《ふた》を開けた。蕗《ふき》と豚肉の煮物。おからのシュウマイ。蕪《かぶ》の葉とじゃこの混ぜごはん。いちご。

（今日も今日とて……あ）

思わず顔が綻《ほころ》ぶが、蕾火の手前歓声を上げるのは少し恥ずかしい。

「…………」

「…………」

もしゃもしゃ。もぐもぐ。会話がないのに、それぞれの咀嚼音だけは雄弁だ。

「……お腹の火傷《やけど》」

「ゴホッ」

「ちょっと」

「い、いきなり切り込むから」

雪音は動揺して咽《むせ》てしまうが、蕾火は雪音を一瞥《いちべつ》して、すぐに視線だけをパンに戻してしまう。

「火傷。ちゃんと冷やしたの？」

「うん、まあ」

「そう」

特殊な銭湯のおかげでほぼ治ったと、口にしかけてぐっと止めた。

（それはそれで、山吹さんのご機嫌取りをしてるみたいだし……）

雪音は混乱していた。蕾火の真意が読めない。涼乃の命令で雪音の具合を探りに来たのかとも思ったが、それにしては少々まどろっこしいような。

「……あなた、『食事どきに一緒にいたいような人じゃない』って言われたの、覚えてる？」

「あー、うん。二年の先輩に」

「あれね、本当よ」

ぎくりと身を強張らせた雪音をよそに、蕾火は早くも二個目のパンを手にしている。

「あなたには禍津神《まがつかみ》の目印がついてる。不吉な気配をいつも漂わせてるの。神力が弱ければ近づくだけで不安な気持ちになるし、眩暈《めまい》や悪寒を味わうこともあるでしょうね」

「え……」

「当然、食事どきに一緒にいたくないのよ。食欲もなくなるし、ビクビク怯《おび》えながらごはんを食べるなんて、誰だって嫌だもの。そもそも普段から避けるはずよ」

雪音は思わず箸《はし》を止める。パズルのピースがパチッとはまったような納得感を味わっていた。

「禍津神と出会ってから、突然態度が変わった知り合いとかいないの？」

「いる、けど……」

「ほら。彼らは禍津神の瘴気《しょうき》に当てられているんでしょうね」

雪音の脳裏に、故郷の両親が浮かぶ。

(でもあれは……私が早梅を招き入れたのを、怒ってるからじゃないの……？)

弟と両親の衝突が増えたのだって、家庭内の空気が悪かったからだ。

「……何よ、私が嘘を言ってると思うわけ？」

「いや、……うーん」

「疑ってるじゃない。あんなに露骨にクラスじゅうから避けられてるのなんて、神力の影響以外にあり得る？」

いつも遠巻きに、コソコソと何かを言われていた。話しかければそそくさと逃げられてしまって、ずっと一人ぼっちだった。

（それが早梅の影響……？　あれ、じゃあ今の山吹さんは……）

はたと気づき、恐る恐る蕾火をうかがい見る。その視線の意図に気付いたらしく、彼女はギロリと睨《にら》みつけてきた。

「私は平気よ。強いから」

「そ、うなんだ……すごいね」

「ええ、そう。すごいの。あなたへの態度が変わらないとしたら、神力が強いか、神力をまったく観測できない人間かどちらかよ。私はあなたよりずっと強いから、一緒に食事しても平気だし、サシで戦ったら絶対に勝つ自信があるわ」

物々しい言葉に、雪音の顔がぎくりと強張《こわば》る。

「たとえ話よ。神職見習いが、そんなことするわけないでしょ」

蕾火は呆《あき》れたように目を眇《すが》め、小ぶりなフランスパンにかぶりつく。

「……そんな、正々堂々と戦ったりしないわ」

パンを咀嚼しながら、蕾火はそっと目を伏せた。

「一般育ちのあなたは知らないでしょうけど、特格の世界は血と金と神力の三要素が物を言うのよ。どれか一つじゃ生き残れない。二つあれば、残りの一つはカバーできる」

雪音は心の中で指折り数える準備をした。自分が持っているものは……

「あなたは神力しか持ってない」

「…………」

「私には、血と神力がある。だからもう一つを、カバーできるわ」

そう言って蕾火は、自嘲《じちよう》じみた笑みを浮かべた。

蕾火の実家は、関西《かんさい》地方にある鍛冶《かじ》神信仰の特格神社だという。

御祭神は製鉄や鍛冶を司《つかさど》り、古くはたたら場の信仰を集めてきた。西日本を中心に分社も多く、由緒と歴史のある特格神社。蕾火をはじめ、代々神力の強い術者を輩出し続けている。

一方で、近年は資金繰りに苦戦。現在では他の特格神社から、多額の借金をしているそうだ。

「まさか、その借金って……」

「…………」

沈黙こそ答えだろう。彼女の実家は、涼乃の実家・浮ケ谷御景神社に借りがあるのだ。

往々にして家業というものは、同業の子ども同士の関係にも影響が及ぶ。特格神社も例外ではないのだ。

「血と金を持つ家が神力を得るためには、血の要素を強化させるのが手っ取り早いわ」

「強い神力を持つ人と、結婚するってこと？」

「そう。まさに御景先輩ね。三要素を網羅した超優良物件だから」

雪音は胸が締め付けられた。三要素がそろっているばかりに、藤矢は家の道具にされかけているのだ。

血も金も神力も、本人は選べない。持って生まれたことに、責任なんてないはずなのに。

「別に、あなたが御景先輩の要素につられたとは言ってないわよ？ ……あなた、そういうことしなそうだし？」

「んー……そんなことないよ」

雪音の反応が意外だったのか、蕾火は訝《いぶか》しげだ。だがこれは謙遜《けんそん》ではない。

実際に雪音は、実家を守るために藤矢の婚約者になった。

初めは、それだけのつもりだった。

「ま、いいけど……あらゆる意味であなたが邪魔な人は、この学校にも特格界隈《かいわい》にも山ほどいるわ」

「自覚はあるよ」

「……連中は手段を選ばないわ。邪魔者は徹底的に潰《つぶ》すわよ」

蕾火が声を潜める。

「人の力も、神の力も、躊躇《ちゅうちょ》なく何でも使うわ。誇りの在り処《か》を見失っているもの」

そう言いながら、蕾火はトートバッグを漁《あさ》って、大きな布袋を取り出した。

「これ、私のジャージ……」

「返すわ。切っても汚してもいない。適当に嫌がらせしたって報告したから、先輩は満足してたわよ」

と、袋を押しつけてくる。

「……そっか、よかった。ありがとね」

自然と口をついた言葉だったが、蕾火は僅《わず》かに息を呑《の》み、それから舌打ちをせんばかりに顔を歪《ゆが》めた。

「変な人」

蕾火が勇気を振り絞ってくれたことは明らかだ。それが嬉《うれ》しい。今はただ、その思いを噛《か》み締めた。

第四章　暗澹たる結納

御景藤矢は紛れもなく現大宮司の息子だが、母は地方の分社に暮らす愛人だった。分社も分社、神具の扇子を持つ権利もなく、幼少期は冷遇されて過ごしている。

呪いで死んだ兄・櫻一朗《おういちろう》は、藤矢の異母兄弟。彼こそが正妻の息子であり、当初の正統な跡取りだった。

藤矢は兄と同居したことはない。兄に呪詛《じゅそ》が発現した十年前、藤矢は跡継ぎのスペアとして総本社に招かれたが、住居は意図的に離されていた。

だが複雑な関係性の割に、兄弟仲は良好だった。これはひとえに兄の性格の良さゆえだろう。顔を合わせればよく遊んでくれたし、転べば怪我の手当てをし、自分のおやつは譲ってくれた。

そう言えば少し、雪音に似ていた気がする。長女や長男というのは、ああも他人優先に育つものなのだろうか。

——俺はもうすぐ死ぬよ。

呪詛が進行した身体を引きずりながらも、兄は笑っていた。ゆくゆくは同じ呪いが発現する弟を、怖がらせないように努めたのだと思う。

――藤矢、お前は大丈夫だからな。

二十歳の誕生日の前夜。こっそりと離れにやって来た兄は、そう言って藤矢の頭を撫《な》でてくれた。

――俺は占術が得意だから。お前がちゃんと、大丈夫になるのが見えてるから。

気休めだ。いつもは嬉しい優しさが、この日ばかりは苦しくてたまらなかった。

――だから、諦《あきら》めるな。

そうして三年。

遂に見つけた縁切り神社は、禍津神《まがつかみ》に蹂躙《じゅうりん》されていた。

生き残った跡取りの少女は、自分が早悔を招き入れたと後悔ばかりしていたが、それは間違いも甚だしい。

――君は悪くない。

――君には一切の責任がない。

折に触れてはそう伝え続けたのは、彼女の幼気《いたいけ》な傷を癒《いや》すためではない。

本当の責任は、自分にある。自分が助かりたいと願ったから、彼女の人生が壊されたのだと藤矢は思っていた。

だからこの先どんなことがあっても、何を犠牲にしてでも、彼女の日々を守らなくてはならないと。

——俺と結婚しようか。

あれは彼女と自分自身への、宣誓だった。


四月下旬。月が小糠雨《こぬかあめ》に煙る夜のこと。

雪音は御景神社の神楽《かぐら》殿にこもって、剣舞の稽古《けいこ》をしていた。

(あ、今のとこ違うな)

動きを止め、両耳に挿入したワイヤレスのイヤフォンを軽く叩《たた》く。楽曲を頭から再生するためだ。

(もう一回……落ち着いて)

浅く息を吐いて、背筋を伸ばす。ほつれた髪をさっと結い直し、刀を握り直す。躓《つまず》いたところから、再び舞い始める。

やはり板の間は良い。剣舞独特の足運びが再現しやすいのだ。引っ越してきた当初は本邸の畳部屋で稽古をしていたが、気づいた藤矢が神楽殿を使えるように手配してくれた。

基本の動きは身に付いている。板の踏み鳴らし方も、袴姿《はかますがた》での振る舞いも、恐らく目を閉じたとて、一通り失敗せずに通し切れる。あとはただひたすら、錬度を上げるのだ。

（おばあちゃんの舞は、綺麗《きれい》だったな）

龍笛《りゅうてき》が甲高く鳴る。この音色を合図に、腕を大きく振り上げ、全身を捻《ねじ》りながら刀身を落とす。

（刀の鋒《きつさき》まで、自分の体のように扱えるように……）

かつて祖母がしていたように、狼星と一体になって舞えるようになれば――

「……もう一回」

舞が終わり、曲が止まった。もう一度頭から繰り返そうとしたところで、気配を感じて振り返る。

「そろそろ休憩したらどうだ？」

いつからそこにいたのだろうか。神楽殿の入り口で、藤矢が腕組みをしていた。

「声をかけてくれればよかったのに」

「集中していたから」

そう言うと、藤矢は保冷バッグを掲げて見せた。

「差し入れを持ってきた」

「えー！　ありがとうございます！」

そのまま休憩することにした。差し入れはアルミホイルに包まれたおにぎり、温かいほうじ茶。雨で底冷えする夜だったため、水筒のお茶を一口啜《すす》ると、ほっと全身が緩む。

「ふふ、また藤矢さんが握ってくださったんですね」

雪音の手の中には、やや歪《いびつ》な形の、大きなおにぎりがある。

「……形で分かるか」

「ダイナミックで好きです」

藤矢は複雑そうに眉間《みけん》に皺《しわ》を寄せ、唇を引き結んでいる。雪音は思わず口角が上がった。一見不機嫌そうだが、彼が照れ隠しをするときの表情なのだともう知っている。

「いただきます」

塩の効いた白米が、疲れた身体に沁《し》みる。

最近は夜中に稽古をしていると、藤矢がこうして差し入れを持ってきてくれるようになった。そのうち二回に一回は、藤矢のお手製である。

それだけでも嬉しいのに、大抵は藤矢も一緒に夜食を取り、他愛もない話をしてくれる。おかげで雪音は体も心も癒《いや》されて、その後の稽古にも気合が入るのだ。

「日曜日だけど、朝が少し早くても構わないか？」

「はい、何時でも。早起きは得意です」

「じゃあ九時に。道路が混む前に出発しよう」

日曜日は、都心の宝飾店に出向くことになっていた。

目的は婚約指輪。縁切りの前に、結納の儀式が迫っているのだ。

一般的な結納は、参加者は両家の親兄弟ぐらいのもの。しかし今回は、二人がまだ祝言を挙げる年齢ではないため、親族への、もとい御景家へのお披露目が兼ねられている。

仲人《なこうど》を立てない代わりに、大勢の関係者が列席する予定になっていた。

「ただでさえ忙しいのに悪いな」

「それは藤矢さんの方ですよ」

藤矢は神社への奉職に学校と、これまでに増して忙《せわ》しなくしている。本当は、雪音のおにぎりを握っているどころではないはずなのだ。

「なんなら私、一人で行ってきますよ？」

「は……？　何てバカなことを言うんだ、君は……」

「なんですかその、酸っぱい物を食べたような顔は」

「婚約者に単身で指輪を予約させにいく男なんて、その場で婚約を破棄されるぞ」

「私は破棄しませんけどね」

「破棄すべきだ。今後の人生の教訓にしろ」

「ええ……婚約は人生で一回でいいですよ……」

藤矢がまた眉間に皺を寄せる。ほどなく「おにぎりの梅干しが酸っぱかった」と呟《つぶや》いていた。


そして当日。御景家の送迎車で乗り付けた宝飾店は、都内でも一層華やかなエリアにあった。

　街行く人は皆垢抜《あかぬ》けていて、散歩している犬までがどこか気品に溢《あふ》れている。

「御景様。この度はおめでとうございます」

　店内には他の客の姿はなかった。恭しい態度の店員たちに囲まれ、ふかふかのソファに案内され、指のサイズを測られ、きらきら輝く指輪をいくつも並べられ、雪音がわたわたしているうちに全部終わっていた。

「……大丈夫か？」

　店を出るころには、雪音はもう一生分の宝石を見終えたような気持ちだった。

（商品の値段が書いてなかった……高級なお寿司屋さんと同じだ……まさか時価……？）

　特格神社においての重要人物であるということは、すなわち藤矢は御曹司ということなのだ。理解していたつもりだったが、こうして一般社会での待遇を目の当たりにすると、どうしても動揺してしまう。

「あの、藤矢さん……綿本家にはあまり、お金がないのですが……」

「関係あるか？　結納のお金は男側が出すものだよ」

「結納返しが……」

「未成年が気にするようなことじゃない」

「気にしますよ……！　ネットには時計とかカタログギフトとか書いてあったんですけど、藤矢さんカタログギフトに興味ありますか？」

「ない」

「ううーん……悩ませた方が面白そうだから、アドバイスしないでおくべきかな？」

「ちょっと！」

抗議しようとして、雪音は言葉を止める。

藤矢が楽しそうにしているのだ。それでいて自分を見る瞳《ひとみ》がやけに甘い。

「……っ」

ぼっと頰に熱が灯《とも》る。慌てて本人から目を逸《そ》らすが、鼓動の高鳴りが収まらない。

「まだ時間も早いし、少しぶらついていこうか」

「ええ、いいんですか？　神社のお仕事は……」

「二人とも休みを取ってきた。デート休暇のようなものだよ」

(あ、これデートだったんだ)

ちらりと藤矢を見やると、何やらスマホを操作している。

「買い物か、カフェか、映画や美術館でも。どこか行きたいところは？」

「都会は選択肢が多くて迷っちゃいますね……！」

「どこでもいい。君はこっちに出てきてから、ろくに遊んでいないだろう」

言われてみればそうだ。引っ越してからの行動圏は、学校と自宅付近に限られていた。

というか、それ以外の用事がなかった。

「藤矢さんはどういうところで遊ぶんですか？」

「ん？　……あそ……ぶ……？」

「えっ、そんな凍りつくような質問でした？」

「ああいや、そうだな。観光地を案内してもらったり、娯楽施設を案内したり？」

取り繕ったような笑顔に、ぎこちない言葉。皆まで言われずとも、雪音には分かった。

藤矢の相手はすべて神社関係者。遊びではなく接待だと。都会慣れしていないのは雪音だが、休み慣れていないのは藤矢の方だと。

（わ、私が！　藤矢さんに高校生の遊びを教えなくては……！）

途端、使命感に燃え上がる。たとえ土地勘がなかろうと、ネットで調べればなんとでもなるだろう。

「ひとまず食べ歩きと、ゲームセンターとボウリングとカラオケと、猫カフェとドリンクバーで新カクテルの開発と、あと写真と動画をたくさん撮りましょう！」

必死に指折り数える雪音。それを見て藤矢が吹き出した。

「多っ」

（あ、また）

またこの、子どものような笑顔。年相応の、不意打ちみたいに零《こぼ》れた表情が見られた。

どうしようもなく胸がきゅっとして、触れたくなってしまう笑顔。

「……雪音？」

立ち尽くす雪音に気付き、藤矢が小首を傾げる。その大きな手が頬に伸びてくる。距離が縮まる。このまま触れてほしいと思って、

「……あ」

「そう、でした……！」

今は触れ合えないことを思い出し、それぞれの手が止まる。

「ごめん」

「えっ、え、どうして藤矢さんが謝ってるんですか⁉」

「デートで手も繋《つな》げないのは、おかしいだろう」

冗談交じりに苦笑する藤矢を前に、心底もどかしい気持ちになる。

「手が繋げなくても、一緒に歩けますから」

「……雪音」

「究極、ゲーセンもボウリングもなくたっていいです、私。藤矢さんと一緒だったら、何をしてても楽しいです」

爽《さわ》やかな風が吹き、木々の梢《こずえ》を揺らす。柔らかな日差しで影が揺れ、木漏れ日がチカチカきらめく。

「君は本当に、無欲だね」

「そんなことないですよ、欲張りです。真心を欲しがっているわけですから」

「覚えておくよ」

二人は並んで歩き出す。

「手が繋げるようになったら、またデートしようか」

雪音は自分のことを、「やっぱり欲張りだ」と思った。

一緒にいられればいいと言っておきながら、やはり手を繋ぎたくて仕方がなくなったから。


そうして迎えた結納式は、五月のよく晴れた大安日だった。

世間は大型連休の真っただ中。全国各地の観光スポットも大盛況だという。

御景神社にも、多くの列席者が詰めかけているそうだ。雪音はまだ誰とも、顔を合わせていないけれど。

「帯が苦しくはございませんか?」

「大丈夫です。丁度良いです」

小瑠璃に着付けをしてもらい、全身鏡の前に立つ。

「わぁ……」

あまりに煌《きら》びやかな装いで、雪音はしばし呆然《ぼうぜん》としてしまった。衣装合わせで一度着用していたが、やはり本番の感動は一味違う。

薄水色の振袖《ふりそで》には、縁結びを象徴する、組紐《くみひも》紋様が描かれている。金色や薄桃色を取り入れた意匠は、可憐《かれん》だが子どもっぽさがない。雪音の肌や髪の色とよく馴染《なじ》み、清楚《せいそ》かつ大人っぽく見せてくれていた。

「お綺麗《きれい》です。雪音様」

鏡をそっと覗《のぞ》き込み、小瑠璃がとても柔らかく告げる。その声を聞いただけで、雪音は目が潤んでしまう。

「こっ、小瑠璃さぁん……！」

「まあまあ、泣かないでくださいませ」

「すみません、折角のお化粧が……」

髪も化粧も含め、着付けの類《たぐい》はすべて小瑠璃が手掛けてくれた。彼女はすべての分野において専門資格を有していると聞いていたが、まさにその通りだった。

「わたくしは嬉《うれ》しゅうございます。藤矢様がこんなに素敵な方と結ばれるなんて」

雪音の涙を拭いながら、小瑠璃がしみじみと言う。

「藤矢様は複雑な身の上のお方ですから、いつも気を張っておられて。でも雪音様と暮らし始めてからは……少し、雰囲気が変わられたように思います」

「そう、ですか？」

鏡越しに小瑠璃を見やる。彼女は何かに浸るような表情で、ゆっくり言葉を紡いでいた。

「変わられましたよ。表情が豊かになって、思いもよらないようなお姿を見せてくださったりして。年相応の、可愛らしい方になって」

小瑠璃は何かを思いだしたように、くすりと笑う。

「お食事もたくさん召し上がるようになられました」

小瑠璃はいつも一歩も二歩も引いていたけれど、藤矢との間には、家族のぬくもりのようなものがあった。今こうして語る口ぶりからも、それはひしひしと伝わってくる。

「御苦労も多き身の上とは存じますが……お二人の末永いお幸せを、わたくしは心より願っております」

小瑠璃がいてくれてよかった。雪音は心の底からそう感じて……はて、と思い至る。

(末永いお幸せ……？)

雪音と藤矢の結婚は、それぞれのメリットのためにある。藤矢の縁切りを無事に終わらせたら、その後夫婦であり続ける意味はあるのだろうか。

(藤矢さんが御景神社を正式に継ぐ時には、もっとちゃんとした奥さんが必要だよね……山吹さんが言ってた『神力と血と金』のある……)

悶々《もんもん》と頭を抱えかけたところに、

「お嬢～」

燕の声とノック音が響いた。

「連れて来たよー」

「……失礼します」

「あ！」

一旦《いったん》この悩みは置いておくことにした。燕の後ろから、弟の柊悟が恐る恐る顔を出したから。

「うえ、誰」

「ひどい！　お姉ちゃんの顔忘れたの？」

駆け寄ろうとする雪音を、柊悟は「転ぶだろ」とため息まじりに制す。

「久しぶりだねえ、柊悟」

「三月に会ったじゃん」

「完全に久しぶりだよ。こんなに離れてたの、柊悟が生まれてから初めてだもん」

柊悟は見慣れた制服姿だが、髪をセットしていることもあってか、雪音の記憶よりいくらか大人びて見える。

「大きくなったね」

「あー、うん。多分背伸びてる」

「成長期だな～。すぐ届かなくなっちゃいそう」

「ちょっ、髪触《な》んな。崩れる」

頭を撫でようとして振り払われてしまったが、この手つきは優しい。

小瑠璃と燕に改めて紹介すると、二人は「雰囲気がソックリ」と口をそろえる。それもまた嬉しかった。

「そうだ。お父さんと、お母さんは？」

なるべく重くならないように切り出したつもりだったが、柊悟は目を伏せた。

一瞬にして、両親が雪音を避けているのが明らかになってしまう。

「……姉ちゃんさ、なんであいつら呼んだの」

「えっ、だって」

「俺だけでよかったのに」

吐き捨てるような柊悟を前に、雪音も言葉に詰まる。室内に重苦しい空気が漂い始めたが、燕が助け舟を出してくれた。

「綿本のご両親にはね、新婦側の控室で待ってもらってるよ。式の段取りで確認することと多いからさー」

明るくにこやかな笑みで、柊悟の肩にぽんと手を置いた。

「柊悟くんは東京来たことある？」

「あ、はい。部活の遠征で」

「おー、弓道部だっけ。頼もしい肩幅してるもんね」

柊悟も柊悟で、ここまで案内される間に、すっかり燕に心を許したらしい。

「お腹減ってない？　厨房《ちゆうぼう》行って何かつまみ食いでもしようか」

「燕……」

「いやいや小瑠璃さん、晴れの日にお説教はパス！　現役男子学生たちの食欲は会食まで持ちません！」

　ビシッと片手を上げると、燕は柊悟と肩を組んで、部屋を出て行こうとする。

「じゃっ、お嬢！　ちょっと弟君をお借りします！」

「すみません。よろしくお願いします」

「あっ、そうだ柊悟くん。まだお姉ちゃんに言いたいことあるでしょ？」

　去り際、そう燕に促され、柊悟がおずおずと雪音に近づいてくる。視線は明後日《あさって》の方を向いていたが、その声はしっかりと届いていた。

「綺麗じゃん」

　息を呑《の》む雪音に背を向け、今度こそ勢いよく、部屋を出て行ってしまったけれど。

「……こ、こるりさん、聞きました？」

「ええ、確かに。素敵な弟様でいらっしゃいますね」

「そう、そうなんです……素敵なんです……」

　感涙が零《こぼ》れないように、目尻《めじり》にぐっと力を入れて堪《こら》えた。


　一方、燕が控室から連れ出した柊悟の方は、複雑な表情で廊下を歩いていた。

姉に伝えた言葉は本音だろうし、祝福の気持ちもあるだろう。だがそれ以上に、彼が抱える憂鬱《ゆううつ》は根深いようだ。

「早く大人になりたいです」

燕は軽い口調で「俺もだよー」と答える。

「燕さんは大人じゃないすか。神社で働いてるんですよね？」

「柊悟くんの言う大人って就労のこと？　お金稼げたら大人？」

「というか、役目を果たすというか。六出神社で、俺だけ何もしてないのがキツくて」

青少年の憂いにうんうん頷《うなず》いていた燕だったが、

「姉ちゃんなんか、身売りまでしたのに……」

と零された瞬間、さすがにその場で転びそうになった。

「身売りって」

「あっ、すみません。その、御景さんを悪し様に言いたいわけじゃなくって」

「いや、うん。だよな、弟くんの立場からしたらそうなるよね……」

「一応、事情は聞かされてるんですよ。親も姉ちゃんも視点偏ってるけど、姉ちゃんやばーちゃんには特別な力があって、それで重要な役目を果たそうとしてて……俺には何も出来ないってことも、分かってて」

長い廊下を歩きながら、柊悟はどんどん俯《うつむ》きがちになっていく。

「何も出来なくはないでしょ」

「………」

「守ってたんでしょ、お姉ちゃんのこと。知ってるよ」

綿本家の両親は、どちらも神力が弱い。早梅に目印をつけられた雪音が近くにいることで、その瘴気《しょうき》で身心に不調をきたすのだ。

柊悟は両親よりは神力が強く、変わらず雪音に接することが出来たのだろう。

「……姉ちゃんを守ってくれたのは、燕さんや藤矢さんですよ。できればずっと守ってほしいんです。うちの地元は、もう姉ちゃんが帰れる場所じゃないから」

「そんなに？」

「もう空気最悪です。神社も学校も家もずっとクソ」

禍津神《まがつかみ》に荒らされた土地は時化《しけ》る。端的に言えば、雰囲気が悪くなるのだ。

ただでさえ境内は荒らされ、神社としての機能も失われ、人死にもあった。人々の心が暗く落ち込むのは避けられない。

（お嬢に帰る場所がない方が、御景家としては都合がいいんだよなー……）

少なくとも全てにおいて藤矢を第一優先にする燕には、綿本家をフォローするいわれはない。

だが藤矢は違う。常に冷静な判断をしているようで、ふとした折に、年相応に手が鈍る。誰かを見捨てることが出来ない。

「今の六出さんは、皆どうしても疑心暗鬼になる時期だからさ。柊悟くんが支えてあげないと！」

「……そういうもんですかね」

「そーそー。なんなら支えついでに、柊悟くんが六出神社の跡継ぎに……ん？」

そこで燕は、反射的に足を止めた。内廊下の向こう側に、見慣れた人影を見つけたのだ。

「……浮ヶ谷」

柊悟は何も言わず足を止め、燕を窺《うかが》うようにして息をひそめる。その察しの良さに感謝しつつ、燕は彼らを観察し続けた。

浮ヶ谷涼乃が、新郎控室から出てくるところだった。御景の風ぐるま紋様を、これでもかとあしらった総刺繡《そうししゆう》の振袖《ふりそで》姿。あわよくば新婦より目立ってやろうという魂胆がにじみ出ている。

傍らには同じく和装の中年男性。涼乃の父親であり、浮ヶ谷御景神社の宮司である。

これ自体は、特別おかしな光景ではない。あちこちの分社から参じた列席者たちは、朝から競うように藤矢の控室に挨拶《あいさつ》に出向いている。

だが燕は、この二人がやけにニヤついているのが気になった。涼乃を藤矢に嫁がせたがっていた分社の者として、今日の儀式は相当面白くないもののはずなのに。

「『たのしみだな』『いよいよね』……？」

「……この距離で声が聞こえるんですか？」

「や、唇の動きを読んでるだけ」

これだけでは概要が摑《つか》めない。

「『まかせて、おとうさま』……？」

おかしい。何かしらの、不穏な思惑を感じる。看過できない。

「ごめん柊悟くん。控え室に戻っててくれる？」

「え、はい……大丈夫ですか？」

ほど良い笑みを浮かべ、燕は柊悟に手を振る。その姿が控え室に消えたのを見届けてから、足早に浮ケ谷親子を追いかけ、

「う……っ」

突如、後頭部に強い衝撃を受けた。


午前十時。結納の儀式が始まった。

内拝殿までの参道を、新郎新婦が並んで歩く。先導するのは、正装した現大宮司。藤矢の父親だ。

三人からいくらか距離を取って、列席者たちが続く。そのほとんどが御景家の関係者であり、綿本家からは両親と柊悟の三人のみ。

だが雪音には、四人目の姿が見えていた。

(おばあちゃん……)

柊悟の手に、祖母の写真が抱かれている。

(ありがとう、柊悟)

感謝の視線を送ると、弟も微笑みを返してくれた。緊張がいくらか和らぐ。

風のない穏やかな天気だったが、内拝殿に足を踏み入れた瞬間、壁一面の風ぐるまが勢いよく回り出した。

カラカラ。カラカラカラカラ。

(初めてこの家に来て以来……)

重量もあり滅多に回らないと聞いていたが、これだけ御景の術者が集まれば話は違うらしい。風神を祀《まつ》る、御景家らしい光景だ。

修祓《しゅばつ》が始まると、風ぐるまはピタリと静まった。

代わりに大宮司が大幣《おおぬさ》を振る音が響く。献饌《けんせん》に、祝詞《のりと》の奏上。一般神社の結納式と大差ない流れだ。

(綺麗《きれい》な祝詞だな。お義父《とう》さん、声に恵まれた方だ)

初めて聞く義父の祝詞には、荘厳で存在感がある。生来、良く通る声質なのだろう。

(この婚約を面白く思っていないなんて、信じられない……)

結局まだ一度も、雪音と義父が個人的な会話を交わしたことはない。彼は事前打ち合わせに顔を出したこともないため、今日も儀式の直前にお辞儀をした程度である。

（……縁切りが終わったら、私たちって離婚するのかな？）

聞くに聞けない疑問が、浮かんでは消えを繰り返している。

そうしているうちに祝詞が終わり、義父が体の向きを変えた。内拝殿における儀式が一区切りついた合図だ。

この後は全員で大広間に移動となる。両家の挨拶と結納品の授受をし、祝宴に移る予定だ。事前に用意した一言ではあるものの、雪音も挨拶をする。静かに深呼吸をして、自分自身を落ち着かせようとした。

ふと藤矢と目が合う。浅く頷き微笑まれた。安堵《あんど》が満ちるのと同時に、頰は微《かす》かに熱を持つ。

（離婚は……嫌かもなぁ）

ただ漠然と、そう思う。

しかしその思いに浸る余裕は、すぐに消えてしまった。

『……た……よ』

内拝殿を出たところで、どこかから呼びかけられた気がしたのだ。

「……？」

雪音は首だけで振り返る。誰もいない。緊張するあまりに、何かを聞き違えたのだろうかと踵《きびす》を返し、再び石畳を歩き出す。

『……ね』

まだ聞こえる。列席者は静かに歩いているが、こそこそと言葉を交わしている者もいるし、おかしなことではないのだろうけれど、

『……き……』

やはり、誰かから呼ばれている気がしてならない。そわそわとした気持ちで、雪音は視線をあちこちさせる。

「どうかした？」

隣を歩く藤矢が、そっと耳打ちをしてきた。

「いえ、気のせいかも」

そう言いかけて言葉を止める。また聞こえたのだ。

「……呼ばれた気がして」

藤矢の顔がいっきに曇る。

「……どこから？」

「分からないんです」

呼び声が徐々にハッキリしてくる。気のせいではない。

「名前を呼ばれています」

反射的に、雪音は耳を塞《ふさ》いだ。

「雪音」

藤矢が身を屈《かが》め、雪音の顔を覗《のぞ》き込む。

傘持ちのスタッフも異変に気付き、足を止めた。ほどなくして、他の列席者がざわめき始める。

「雪音、しっかり」

藤矢の声がやけに遠い。思わず目を瞑《つぶ》って俯《うつむ》いた。

「う、うう……」

呼び声はいつの間にか、耳鳴りに変わっていた。眩暈《めまい》がする。四肢の力が抜けて、その場に膝《ひざ》を突きそうになる。

「綿本さん！」

崩れ落ちかけた雪音の体を、誰かが支えてくれた。礼服姿の男性だ。聞き覚えのある声がする。

「村雨先生……？」

列席者名簿に名前はなかったはずだ。今の今まで顔を合わせてはいなかったのに。

(どこかで見守ってくれてたのかな……)

何か言おうと喉《のど》に力を入れるが、声が出せない。唇から微かな息が漏れるだけだ。

高熱が出たときのように意識が朦朧《もうろう》として、全身がぐったり脱力していく。

「綿本さん。聞こえますか？」

体がとにかく重い。ずぶずぶと泥沼の底に沈んでいくような感覚がある。

光や空気が着実に失われていく。

「儀式は中断です。とにかく室内に運びましょう」

ダメだ。途切れ途切れになる意識の中で、とにかく叫ぼうとする。

「……て、……い」

「！　雪音！　何だ、どうした!?」

必死の形相で、藤矢が耳を傾けてくれる。

「離れて、ください……」

直感があった。目に耳に肌に、べったりこびりついて離れないあの気配。

(あいつだ。絶対……絶対、忘れるはずない、あいつ)

あいつが入って来た。

どこからか。無遠慮な足取りで、澄んだ世界を踏み荒らそうとしている。

「早梅が、来ます」

ごう、と轟音《ごうおん》が鳴った。突風だ。雪音の体は宙に浮いた。

「何をしている!?」

藤矢が列席者たちを怒鳴りつける。

彼らが神力を発動させ、雪音を吹き飛ばしたのだ。皆その手に扇子を構え、離そうとしない。

「力を緩めるな！」「もっと遠くへ飛ばせ！」「アレをこちらに近づけるな！」

彼らは叫ぶ。危険な存在を、少しでも自分たちから引き離すために、力を合わせようとしている。

「姉ちゃん！」

（柊悟……）

朦朧とした意識の中、雪音は口をはくはくと動かした。

（逃げて、今すぐ……）

声が出ない。伝えたいのに、もうどうにもならないのだ。意識がどんどん遠くなっていく。

『やっと会えましたね』

そうして雪音の頭の中に、早梅の声が響いた。

『今度こそあなたを、迎えに来ましたよ』


藤矢は食い入るようにして、宙を見上げていた。

雪音の身体は、空中に磔刑《たっけい》されるように浮かんでいる。何も言わずぐったりと脱力して、頭を垂れたまま。

（いや……今はあくまで、雪音の姿をしているだけと思うべきか）

彼女の全身から、禍々《まがまが》しい気配が溢《あふ》れ出している。早梅だ。意識を失う寸前、彼女が必死に紡いだ言葉の通りなのだろう。

「なあ！　早く姉ちゃん助けてくれよ！」

異様な緊迫感が満ちる境内に、柊悟の悲痛な叫びが響く。彼が藤矢に摑《つか》みかかろうとしたところに、

「綿本さんの弟さんですか？」

スッと村雨が割って入った。

「……あまり似ていませんね」

「〜っ、今そんなこと関係ねーだろ！」

「いえ、結構大事です。似てなくてよかったんですよ」

困惑する柊悟を、村雨はじっと見つめる。

「君は早梅のターゲットではない。ご両親と同じです」

村雨が一瞥《いちべつ》する先には、へたり込んでいる綿本夫妻の姿がある。顔面は蒼白《そうはく》、身体もがたがた震えているが、娘の方を頑《かたく》なに見ようとしていない。

「……あんたら、娘が心配じゃねーのかよ」

柊悟は顔をひどく歪《ゆが》ませ、二人に向かって吐き捨てる。

「マジで何しに来たんだよ！　親なら体張って助けに行こうとか思わねーの⁉」

「いえ、無駄なことはしなくて構いません」

激昂《げきこう》する柊悟の肩を叩《たた》き、村雨は淡々と言った。

「あれはもう、綿本雪音さんではありませんから」

驚愕《きょうがく》に息を呑《の》んだのは、綿本家の三人だけだ。藤矢を含む御景家の列席者たちには、嫌というほどに伝わっている。

「憑依《ひょうい》や神降ろしと言えば通じますか？　どこかの不届き者が、雪音さんの肉体に早梅を降ろしました」

「……っ、姉ちゃん！」

沈黙していた雪音が、ゆっくりと顔を上げていく。

「あそこにいるのは、災いの神が受肉したものです」

光のない瞳《ひとみ》。青白い皮膚。無表情のまま、ぎこちなく腕を上げようとしている。

「おい！　誰だ捕縛を緩めたのは！」「続けておりますが、対象の力が強く……」

列席者の間に、動揺が広がっていく。

「……長くは持ちませんね。弟さん、ご両親を連れて退避してください」

「は!?　嘘だろ、姉ちゃんはどうなるんだよ!?」

「こちらで対処します。あなた方を守る余力も、すべて戦力にあてたい。協力してください。それに……」

村雨は柊悟ににじり寄り、その両腕をぐっと掴んだ。

「あなたが怪我をすれば、戻ってきたお姉さんが悲しみます」

「……っ」

柊悟は悔しげに涙声を押さえ、それから力強く頷《うなず》いて見せた。

「ほら！　逃げんぞ、立て！　せめて走れ！」

へたり込んだままの両親の二の腕を掴み、引きずるようにして物陰に向かっていく。

「……っ、あの！」

柊悟は村雨に頭を下げ、それから藤矢を真っ直ぐに見つめた。

「姉ちゃんを、お願いします……お義兄《にい》さん」

藤矢が返事をする前に、背を向けて走り去っていく。

そして同時に、列席者たちが大きくどよめいたのが聞こえた。

「捕縛が維持できません！」「大宮司！」「ご判断を！」

上空から降り注ぐように、早梅の瘴気《しょうき》が広がっていく。並の神職であれば、この瘴気だけで平衡感覚を失うだろう。

「【早梅】」

騒然とした境内に、力強い命令が響く。

藤矢からは見えない位置だが、誰が何をしようとしているのかは手に取るように分かる。大宮司である父の、見知った神力の気配を感じた。

「【ひれ伏せ】」

神術が発動した。轟音を伴い、何かが地面に落下する。

大宮司は一切の躊躇《ためら》いなく、早梅を叩き落としたのだ。早梅の器となっているのは、雪音の肉体だというのに。

(雪音……！)

藤矢は下唇を噛《か》みしめ、彼女の方を見つめた。

『……人でなしですね』

巻き上がった土煙の中から、うっそりとした声が聞こえてくる。雪音の声にして、雪音の声ではない。

(早梅！)

相手はろくなダメージを負っていない。ということは、

「～ッ、全員身を護《まも》れ！」

藤矢の叫びと同時に、追撃が来る。どす黒い紐《ひも》状のものが無数に飛び出してきて、列席者たちを次々と吹き飛ばしていく。

「うわああっ」「何だこれは！」「ギャアアァ」

大宮司もまた、一際太く力強いものに襲われ、回廊の壁に叩きつけられた。か細い呻《うめ》き声こそ上げているものの、もう早梅への追撃は叶《かな》わないらしい。

(クソ……っ、戦力が足りない！)

逃げ惑う者の悲鳴。血の匂い。

かろうじて繰り出された捕縛や反撃の類《たぐい》も、一切歯が立たない。すべてが一撃で跳ね

返されてしまう。

『御景神社もこの程度ですか。裏伊勢の名が泣いていますよ』

既に立っているのは、藤矢と村雨の二人だけだ。

いつの間にか、辺りが暗くなっている。まだ正午にもならないはずなのに、御景神社の上空は、夜の帳《とばり》が下りたようだ。

『こんなところが嫁ぎ先とは、雪音はつくづく運のない娘です』

雪音の顔で、雪音の声で、早梅が喋《しゃべ》っている。その異様な邪悪さに、藤矢は吐き気がした。

「君の奥さんは、おかしなものに好かれていますね」

指先で複雑な印を結びながら、村雨はじっとりと早梅を睨《にら》みつけている。

「好かれている、んですか。あれは」

「結婚式に乱入してくるのは、横恋慕する男と相場が決まっているでしょう」

「……禍津神《まがつかみ》が、人間を？」

「気に入ったものが自分の手に入らなければ、癇癪《かんしゃく》を起こして暴れ回る。実に神様らしい行動だと思いますよ」

肩をすくめながら、村雨は藤矢にちらりと視線をやった。

「幸か不幸か、早梅の力は回復しきっていません。綿本さんの身体を使わないと行動できないようですから、まずは器を拘束して……」

たのだ。

　しかし村雨の言葉はこれ以上続かなかった。何者かによって、強制的に打ち止められ
　ぐちゃり。人の肉体が傷つけられる、嫌な音が響いた。

「先生……？」

　藤矢は目を疑った。ほんの一瞬前まで会話をしていた村雨が、今は地面に倒れている。

その周囲に、みるみるうちに鮮血が広がっていく。

　犯人は早梅ではない。やつは先ほどと同じ場所に直立しているだけだ。

「ヒッ、ひ、ひ、は……っ」

　村雨の側には、血に濡《ぬ》れた短刀を握った、別の男が立っている。

「……浮ケ谷！」

「ひは、ははっ」

　男は浮ケ谷御景神社の宮司。涼乃の父親だ。

　荒れた呼吸と笑いが入り混じったおかしな声を上げ、村雨を見下ろしている。早梅の
襲撃に倒れたフリをして、機会をうかがっていたのだろう。

「先生！」

　村雨に駆け寄ろうとする藤矢に、浮ケ谷は短刀を握ったまま勢いよく飛びかかってく
る。刺されはしなかったが、二人そろって地面に倒れ込んだ。

「く……っ」

短刀を突き付けられ、藤矢は拘束されてしまう。

（何故だ⁉　何故浮ヶ谷が蛍輔先生を……⁉）

「間に合ってよかったぁ～！」

続いて、聞き覚えのある甘ったるい声がした。

見るまでもなく、今度は娘の方だ。派手な振袖《ふりそで》をまとった浮ヶ谷涼乃が、ご機嫌な笑みを浮かべて近づいてくる。

「姿が見えないと思ったら、一体何を」

「えーっ、私を気にしてくれていたの？　嬉《うれ》しいわ」

「てっきり儀式前の塩対応に、へそを曲げているんだと思ったからな。そういう器の小さい輩《やから》が、御景一族には多いから」

明らかな嫌味を言われても、涼乃の貼りついた笑みは崩れない。

「ね、藤矢くん。まずはこの非常事態をどうにかしましょ？　なにせ総本社に裏切り者が入り込んで、結納まで済ませようとしていたのよ？」

涼乃が見覚えのある刀を取り出し、早梅に近づいていく。

「おい、不用意に近づくな！　君にどうこうできる相手、じゃ……」

おかしい。涼乃は一歩一歩と隙だらけで近づいていくのに、早梅から一切攻撃されないのだ。

「私、みんなに希望を託されているの。悪いやつを倒してくれーって」

「君が早梅を討つと？」

「ええ？　違うわよ、悪いやつって雪音さんのことよ」

涼乃は嬉しそうに早梅の隣に立ち、刀を抜く。

（狼星……！）

六出神社の神具。厳重に保管されていたはずなのに、混乱に乗じて盗み出したのだろうか。

決して許される蛮行ではないはずなのに、涼乃は悪びれる様子もない。

「悪しき神を総本社に招き入れて、大宮司や藤矢くんを傷つけて。全部雪音さんが原因でしょう？」

藤矢は背筋に冷や汗を感じた。

まずい。この状況は良くない。涼乃に、雪音を傷つける大義名分を与えてしまっている。

「浮ケ谷家は禍津神派に与《くみ》したのか？　早梅を手引して、御景を内側から崩壊させようと……」

「酷《ひど》いわ。そんな証拠がどこにあるの？」

藤矢は思わずチッと舌を打つと、自分を抑え込んでいた浮ケ谷父を突き飛ばした。短刀の刃先が肌をかすめるが、どうにか距離を取る。

「……ちょっと、お父さま！　しっかりしてよ！」

藤矢は扇子を構え、一陣の風を飛ばす。とにかく足止めがしたかった。

「【私を守って】」

しかし早梅に、呆気《あっけ》なく弾《はじ》かれてしまう。

「う……っ」

藤矢に返って来たのは、放った数倍の風だった。吹き飛ばされ、壁に叩《たた》きつけられる。背骨が嫌な音を立てて軋《きし》んだ。

「……お前、雪音の結界が使えるのか」

掠《かす》れた声を絞り出しながら、藤矢は早梅を睨みつける。

この威力は、雪音が研磨していた、あの結界術だ。彼女が努力して積み上げたものをかすめ取っている。

『まあ、雪音の身体はおれのものですから』

頭が沸騰しそうなほど熱くなり、藤矢は奥歯を噛《か》む。今は感情的になっているどころではないのだと、必死に自身を諌《いさ》める。

「あのねえ藤矢くん。あなたは雪音さんに騙《だま》されているのよ」

「はあ？」

「彼女がきちんと縁切りをしてくれる保証なんてないじゃない。藤矢くんが死ぬのを待って、御景神社を乗っ取る算段なんじゃないかしら」

「雪音はそんな子じゃないよ」

「藤矢くんは純粋ねえ。出会って数ヵ月で、女の本性が分かるはずないわ」

「彼女が俺を騙して何の得がある？」

「数えきれないほどあるわよ。御景総本社の血でしょー、財産でしょー、立場でしょー」

「……もういい。黙ってくれ」

話にならないと思った。見ているものが違い過ぎる。

「浮ヶ谷さん」

「涼乃って呼んでよ、藤矢くん。それではお父さまと私の区別がつかないわ」

「浮ヶ谷涼乃。一応聞いておく」

「なあに？」

小首を傾げながら、涼乃は藤矢を見やる。口角が弧を描いた、酷く得意げな笑みを浮かべていた。

「この蛮行は、うちの父親と結託したものか？」

「……さあ？」

「なるほど。浮ヶ谷の独断ならば、これ以上は聞くに値しない」

途端、余裕たっぷりだった涼乃が焦り出す。

「わっ、私はおじさまのお考えに賛同しているわ！　不吉な縁切りに頼るより、藤矢くんの素晴らしい血を後世に残すべきで……！」

「黙れ」

藤矢は吐き捨てる。

「何が素晴らしい血だ。禍津神が民草を苦しめているというのに、己の保身のみに奔走する一族の血なんて、根絶やしにしてしまえ」

「な、な……っ」

「だからお前たちは、ろくな神術が使えないんだよ。神にさえ見放されているんだ」

その冷酷な口調と表情に、今度こそ涼乃の顔は凍りついた。

「……っ、殺すわ」

濁った瞳《ひとみ》が、ぎらりと邪悪に光る。

「次期大宮司は、田舎女に誑《たぶら》かされてご乱心よ。大変心苦しいけれど、私が解放して差し上げなくちゃ」

涼乃は刀を振り上げ、その鋒《きっさき》を早梅の――雪音の喉元《のどもと》に向けた。


早梅に憑依《ひょうい》されている間、雪音の意識は、酷く静かな場所にあった。

深海や雪崩の底のような、光も音もろくに届かない、一人ぼっちの冷たい世界だ。

（……早梅と私が、混じってる）

自分の手を見て、足を見て。指先や視界の端が、黒く染まっているのに気づく。

雪音の中に、早梅が入り込んでいる。

身体のコントロールができないのも、早梅にその権限を奪われてしまったからなのだろう。このままでは、やがて意識のすべてを早梅に乗っ取られてしまうのかもしれない。

『それでもいいんじゃないですか』

いつの間にか、早梅が目の前に立っていた。

出会ったときと同じ、光のない瞳。首には雪音が巻いたマフラーがある。

『どうせもう、大切なものは元に戻りませんよ』

鋭い言葉が、刃《やいば》のように突き刺さってくる。

『あなた、何か勘違いしていませんか？　これからどんなに良いことをしたって、壊れたものは壊れたまま。だったらもう、全部捨ててこっちに来たらいいじゃないですか』

彼の手が伸びてきて、雪音の手を握る。

脈拍のない、氷のような手。冷たい。

『楽になれますよ、雪音』

手を引かれている。暗くて冷たくて、何も考えなくていい場所に招かれている。

きっと楽だ。これ以上怖いことは起きない。ここが一番底だ。

――そうしていつの間にか、雪音と早梅はほとんど一つになっていた。

早梅が自分の身体で勝手に動き回る。色々な感覚が麻痺《まひ》していく。不思議と、不安や恐怖を感じない。涼乃に刀を突きつけられ、今にも殺されそうになっている間も、これでいいんじゃないかと思っていた。

「きゃあああっ」

大きな悲鳴が上がり、雪音はハッとする。

気づけば早梅が、雪音を殺そうとする涼乃の手から狼星を奪い取っていた。驚愕《きょうがく》する彼女の喉元に、鋒を向け返しているのだ。

「や、やめなさいよ……」

涼乃はぶるぶる震え跪《ひざまず》きながら、早梅を使役しようと術を振るう。

だが早梅はぴくりともしなかった。涼乃の術は、もう早梅には効かないらしい。

「なっ、ど、どうしてよ……」

『やかましいな』

「お、お父さま、助けてぇ！」

浮ケ谷の宮司は首を振るばかり。なす術《すべ》なく腰を抜かしている。

(殺すの？)

『いや、別に』

ひとつの身体の内側で、雪音と早梅は問答する。

『この人たち元々弱いんですよね。おれを操ってる気になってましたけど、いくらでも抵抗できちゃって……御景家も落とせそうですし、もう要らないです』

早梅は涼乃らを見向きもせず、悠然とした足取りで進んでいく。地面に倒れ込む人々から、ある人物を捜している。

『ああ、いた』

藤矢の父。御景神社の大宮司が倒れている。息はあるが、意識はない。

『こっちは殺します』

早梅は狼星の柄《つか》を握り直し、振り上げようとした。

「……やめろ」

だが人影が立ちふさがる。両手を広げた藤矢が、自分の父を背に庇《かば》っていた。

「やめろ、早梅。雪音に人殺しなんてさせるな」

『どいてください』

「どかない。雪音を返せ」

『嫌です』

「その刀は人殺しの道具じゃないし、その子はお前のものじゃない」

『うるさいな』

うっそりと吐き捨てながら、早梅は藤矢の胸元を指差した。

『あなたを殺すのはもっと後ですよ』

そのまま指先をくるりと回す。指先に墨をつけ、印でも付けるようにして。

「う……っ」

途端、藤矢は胸を押さえて苦しみ出す。呼吸が荒く、呻《うめ》きながら身を震わせる。

『あなたは呪いに蝕《むしば》まれて、何年もじわじわ苦しんで死ぬんで、す……？』

勝ち誇ったような早梅の声が、突然不安定に揺らぎ始めた。

『雪音……？　何をするつもりで……っ、やめ』

（藤矢さんに手を出さないで）

雪音は自分の意識が、にわかに覚醒《かくせい》していくのを感じていた。必死に奮い立たせれば、僅《わず》かだが肉体のコントロール権を、早梅から奪えると気づく。

（藤矢さんを解放しなさい！）

今二人の魂は、激しい攻防を繰り広げていた。

雪音は狼星を振り上げると、自分の首元に刃をぴたりと押し当て、早梅にしか聞こえない声で言う。

（じゃないと喉《のど》を切り裂いて死ぬから）

『やめなさい。本当に死にますよ』

ぷつ、と皮膚が裂ける感覚がある。生温かいものが肌を伝っていく。

（私に死なれたら困るでしょ。だったら今すぐ、その術を解いて）

『……仕方ないですね』

忌々しげに呟《つぶや》いて、早梅は藤矢を再び指差す。

『今かけたものを解くだけです。痣《あざ》の呪詛《じゅそ》は消えませんよ。そっちはおれ一人が作ったものではありませんから』

（……分かった）

　ぱちん。何かが弾《はじ》けた音が鳴り、藤矢が勢いよく顔を上げる。術は解けたはずなのに、その表情は未《いま》だ酷《ひど》く苦しげだ。

「雪音。意識があるのか」

『……ありませんよ』

　ぐぐと不自然な動きで、雪音の首元から刃が離れていく。

　再び早梅の力が勝り始めている。雪音は自分の意識が途切れ途切れであることや、気力をかなり奪われたことを痛感していた。

『やっぱり、あなたは邪魔者ですね』

　早梅は藤矢を見下ろしながら、たっぷりとため息をつく。

『切っておきますかね』

「そう易々《やすやす》と殺されてやらないぞ」

『んー、あなたの体を切ると雪音が怒りますし、こっちにしておきますよ』

　早梅が狼星を持ち上げ、刀身と藤矢を交互に見やる。

『雪音とあなたの縁を切ります』

「な……」

　藤矢が愕然《がくぜん》とした。

『ああ、剣舞だの鞘《さや》だのは不要です。ああいうのって儀式の安全装置みたいなものですからね、おれにはどうでもいいです。ズタズタでも切り離せればそれで十分です』

　そうして早梅は、『雪音』と呼びかける。

『やってください。あなたが、自分自身の手で』

（私が……？）

『ええ。あなたは縁切りの継承者でしょう。彼にとっても安全なのでは？』

（………）

　雪音は首を振りもしなかったし、嫌だとも言わなかった。

　言ったところで無駄なのだろう。これは願いではなく命令で、雪音に拒否権はない。

　生きた人間の縁と縁を、目の前で無理やり断ち切る。それがどういう結果になるのかは分からない。

　ただ二人の未来は離れていくだろう。一緒にいれば深刻な不都合が生じるようになっていく。もしかすると心にも影響を及ぼすかもしれない。かつて雪音の周囲が豹変《ひょうへん》したように、藤矢も雪音を見て顔を歪《ゆが》め、近づかないでくれと拒んでくるかもしれない。

（嫌だな……嫌だけど、でも……切るべきなんだろうな）

　早梅と混じりあった今、雪音は生まれて初めて『縁』の姿が見えるようになっていた。

　無数に絡み合ったそれらのうち、一際美しく輝く白銀の糸が、藤矢と雪音を繋《つな》いでいる。本当に美しいのか、雪音にとっては何より美しく見えるのかは分からないけれど。

（……この縁を切れば、藤矢さんの命は繋がる）

迷っている暇はなかった。雪音は早梅に同意し、狼星を構える。

小さく息を吸って、刀身を振り上げ――

「……っ」

それでも、狙ったものは切れなかった。

藤矢が刃先を摑《つか》み、ぐっと押し返していた。素手だ。当然その手のひらは裂け、真っ赤な鮮血がぼたぼたと滴り落ちていく。

じゅう、と焼けるような音もした。反発の力が、刀身を通じて藤矢を侵している。

「とうや、さん」

「切られてたまるかよ」

藤矢の顔が、痛みに歪んでいる。皮膚に刃《やいば》が食い込み、焼け爛《ただ》れていく。

それでも彼は、刃先を握って放さなかった。

「何、なんで、こんな……」

雪音の瞳《ひとみ》から、ぼろぼろと大粒の涙が流れ出る。

それを合図にしたかのように、ぱちんと何かが解《ほど》けた。

「あ……」

全身を縛り付けていた感覚がなくなる。早梅の気配は未だ強いのに、体が自由に動かせるようになった。

柄を握る手が解ける。音を立てて、狼星が地に落ちた。

藤矢は斬れていない方の手を、雪音の背に回す。そのまま力強く抱きしめられ、雪音は息を呑《の》んだ。

（さわれる……反発、しない……）

神経が焼き切れたみたいに、目の前がぼうっとしている。四肢が痺《しび》れ、呼吸は浅い。

心音がどくどくと、やけに大きく響く。それが二人分の鼓動だと気づくまで、少し時間がかかった。

「藤矢さん、手、血が……」

「うん。全然平気」

「ごめ、ごめんなさい、ごめんなさい……っ」

「いい。全然痛くない」

「うそだぁ……」

「本当だよ。俺は君の鞘なんだろう。鞘は刀に傷つけられたりしないから」

なだめるように優しい声だ。だが抱きしめる腕は力強く、凍りついた体が溶けていくような心地がする。

「……俺を庇《かば》ったりしなくていいのに」

「だって」

「そういうところを、俺みたいな狡《ずる》いやつに利用されるんだ」

「あー……」

「と、藤矢さんは、狡い人なんかじゃないですよ……」

「雪音は俺を過大評価し過ぎている」

そう言われても仕方がない。命の恩人なのだ。危機に身体を救ってくれたし、お守りのような言葉をくれた。痛みを乗り越える方法を教えてくれた。

苦しくて泣いてしまった夜に、手を握ってくれたから。

「藤矢さん」

「ん？」

雪音はゆっくりと、藤矢から体を離す。

「私に、とどめを刺してください」

雪音の中に、早梅はまだいる。彼を倒さなくては、この戦いは終わらない。

「何があっても、俺を信じてくれるか？」

「望むところです」

「……【雪音】」

優しい呼び声。全身が縫い止められたように、動けなくなる。

捕縛の術だ。雪音の中の早梅に効く。

「【そこから動かないで】」

次の瞬間、微《かす》かな風が巻き起こる。藤矢の体が舞い上がり、数メートル高い場所にある、回廊の屋根に着地した。

「藤矢くん……！　あーーー無事！　無事でよかったあぁぁ……」

生垣の陰から、全身傷だらけの燕が顔を出した。服や髪もぼろぼろに乱れた状態で、屋根の上にひょいと飛び乗った。

「遅い」

「いやもーーー最悪だったんだよ……！　浮ケ谷の子分にフルボッコにされてたの！」

言葉の通りなのだろう。隅で丸まっている浮ケ谷父娘《おやこ》は、びくびく怯《おび》えながらそちらをうかがっている。

「仇《かたき》は取ってやるさ。あとで締め上げるぞ」

「……先生の仇も？」

燕はすぐ側で倒れている村雨を見下ろす。すると先ほどまでぴくりとも動かなかった村雨が、「うう」と呻《うめ》きながら顔を上げた。

「勝手に殺さないでください……」

「おー、しぶとーい」

そう苦笑する燕の声は、僅《わず》かに涙声だった。

「やっぱ、藤矢くんの最終兵器持ってきて正解だったね」

そう言いながら、燕が藤矢に黒塗りの弓を差し出す。彼はこれを藤矢に届けるために馳《は》せ参じたらしい。

藤矢は静かに頷《うなず》きながら、弓を構えて雪音たちを見下ろした。

「大丈夫。絶対に君を傷つけない」

矢を入れた箙《えびら》はどこにも見えない。だが藤矢が弦を引くと、光そのもののような眩《まぶ》しい矢状のものが現れる。

(覚えてる。あの日もこの光の矢が、私を助けてくれたんだ)

——凍える銀世界を、まばゆい一閃《いっせん》が切り裂いた。

凄惨《せいさん》な記憶と、どうしようもない罪悪感だって、ずっとこびりついたままだ。きっと一生消えることはないのだろう。

だが藤矢が与えてくれた、眩しくて温かいものも、確かに雪音の中にある。

『酷《ひど》い男ですね』

だからもう、内側から響く早梅の声に、狼狽《うろた》えたりはしない。

『あの男、おれを始末するためにあなたごと射るつもりですよ』

(そうだね。でも酷くなんかないよ。優しい人だよ)

『あなたに武器を向けているのに?』

(平気。全然怖くないから)

背筋を伸ばして、顔を上げる。

「雪音から離れろ、禍津神《まがつかみ》。彼女は俺の婚約者だ」

藤矢が射った光が、雪音の体を貫いた。

雪音の魂に張り付いた、深い闇が晴れていく。

第五章　縁結び

結納式から、およそ一ヵ月が過ぎた。

雪音が東京駅で新幹線を降りると、空気の質がまるで違っていた。

数時間前までいた故郷は、ようやく初夏の気配が漂い始めた頃合いだった。しかし梅雨入りを迎えた関東は空気がじっとりと重く、どこか水っぽい匂いがする。

「お嬢〜！」

改札を抜けると、周囲から頭ひとつ抜き出た燕が手を振っていた。

「お迎えありがとうございます」

「ちょうど良いタイミングだった。俺も蛍輔先生のお見舞い行った帰りなんだよね」

村雨は無事に一命を取り留めた。現在は御景神社の関連病院に入院しており、燕は足繁く通っているが、三回に一回は口ゲンカになって看護師に怒られているらしい。

「ていうか、荷物の量すごいね。一泊だけでしょ？」

「お土産いっぱい持たされちゃって。こんなにいらないよって言ったんですけど、父も母も皆さんと分けなさいって聞かなくて」

雪音の大荷物を担ぎ上げながら、燕はにっこり笑う。

「よかったね。親御さんと話せるようになって」

「……はい。お互いにリハビリ中ですけどね」

早梅の『目印』が消えてから、両親は雪音に泣いて謝った。それでも一度滅茶苦茶になった関係は、改善されるのには少し時間がかかりそうだ。今回の短い帰省では、連れだって祖母の墓参りにも行けたので、少しずつ歩み寄っていければいいと思う。

故郷の時化《しけ》も緩和傾向にある。清らかな六出の土地が戻りつつあるのだ。

だがすべてが、元の形に戻るわけではない。起きてしまったことは、なかったことにはならない。

六出神社の復旧工事はそろそろ終わるが、祖母も雪音もいない今、以前のように縁切りの祈禱《きとう》を受け付けることはできない。地域とのコミュニケーションにも、まだまだ難が残るだろう。

「柊悟くんは元気？」

「また背が伸びた気がします。燕さんによろしくって」

柊悟と両親の関係性も、ぎこちないままだ。

早梅の『目印』の件を知ってなお、柊悟は姉を冷遇した両親たちを許せないらしい。氏子や学校を含め、生まれ育った環境そのものに、複雑な想いを抱え続けている。

「お嬢、ごめんね」

突然の謝罪に、雪音は首を傾げた。

「燕さん？」

「俺さ、お嬢が浮ヶ谷にいびられてたのは全部知ってたんだよね。御景家でも学校でも、相当しんどい目に遭わされてたでしょ」

本邸で一度助けてもらった手前、確執を察せられていたとは思っていた。しかしそこまで詳《つまび》らかに把握されていたと思うと、情けなさがこみ上げる。

「藤矢くんが俺にお嬢の監視任せてたの、気づいてた？」

「え……あんまり」

「うえーーそうなんだー……」

燕は肩を落とし、一層どんよりとした口ぶりになる。

「藤矢くんはお嬢のことをずっと心配してたけど、俺が隠してたんだよ。何もないよ、上手《うま》くやってるよって。だからごめん」

燕が深々と頭を下げる。懺悔《ざんげ》と、主人の名誉回復だ。雪音の中に、藤矢へのわだかまりが無いようにとのフォローなのだろう。

「いやいやいや、全然。むしろ黙っていてくれて助かりました。藤矢さんの負担を増やしたくなかったたし、ちょっと恥ずかしかったし」

「いじめられんのは格好悪くないだろ。いじめる方が悪い」

「それはそうなんですけどね、うーん……私、格好つけたかったんです。藤矢さんにもだし、自分にもというか」

東京に引っ越して、義実家で暮らし始めて、高校生になって、神職としての一歩を踏み出して。新しい世界で生きる自分は、ちゃんと全部上手くやれていると思いたかった。

「秘密にしてもらえて、多分よかったんです。心配されて助けてもらえるのは嬉《うれ》しいけど、私本当は、助ける側になりたかったから」

結局、ほんの数カ月のことなのに、思い出すとふがいなさでのた打ち回りたくなる。

「私ばっかり、藤矢さんに助けてもらっていないからだろう。……ようやくお役に立てるのが嬉しいです」

雪音の十八歳を待たずに、縁切りの儀式が行われることになった。

これは結納の儀式を経て、二人が特格本庁に正式な婚約者として認められたためである。

藤矢の父が、大宮司権限で過去の極秘資料を調査させた。その結果、かつての六出神社の神職が、若年であっても婚約をしていれば縁切りの儀式を成功させていたことが明らかになったのだ。

(結納式の一件で、お義父《とう》さんが六出神社の縁切りをアリだって判断してくれた……これはきっと良い流れだ。逃しちゃいけない)

ぎゅっと拳《こぶし》を握り、雪音は意気込む。しかし燕の方は、何故だかじとーっとした視線を雪音に送り、やがて「はあぁあぁ〜〜」とやたらわざとらしくため息をついて見せる。

「お嬢って基礎コミュ力は高いのになあ……やっぱ藤矢くんのこと神聖視し過ぎなんだろね、アイドルはトイレ行かない論レベル」

「な、なんですかそれ……？」

「お嬢と藤矢くんの間には、役に立つ立たない以外の関係性もあるんだってこと」


「おかえり、雪音」

御景家に着いた雪音が、まずは拝殿に向かったところ、藤矢が客人を迎えるところだった。

「山吹さん！」

蕾火をはじめとした山吹家の神職たちが、依頼された品々を納めに訪れていたのだ。

蕾火の実家は、鍛冶《かじ》神信仰の特格神社。古くから対禍津神の神具製造に秀でており、今回は狼星の鞘《さや》と、藤矢の新しい弓を依頼していた。

「さすがの職人技だ。今後とも末永くお願いしたい。現大宮司も、色々と頼みたいものがあるようだったから」

藤矢は山吹家を、自分の派閥のみに引き入れるような態度を取らなかった。あくまで

けれど。
だがそれも、あと数日で変わるはずだ。どのような形になるのかは、まだ分からない
ここの父と息子の関係性は、相変わらず緊張感に溢《あふ》れている。
（……藤矢さんらしいな）
御景本家との繋《つな》がりを強調した。

「……ねえ」

「ん？」

帰り際、蕾火が雪音にこそっと耳打ちをした。

「お休みが明けてからも、ちゃんと学校に来るわよね？」

「うん、行くよ。山吹さんのおかげで、クラスの子とも喋《しゃべ》れるようになってきたし」

「……だったら、あの、あのねえ」

蕾火はもじもじと迷っていたが、意を決したように前のめりになる。

「なっ、名前で呼んでもいいかしら？」

「……蕾火？」

「えっ、それは私の」

「うん。呼び合おうって言ってくれてるんだと思って」

蕾火の顔や耳が、沸騰したようにいっきに赤く染まった。

「……雪音」

「なに？　蕾火」

「私も、鞘作りの祈禱に参加したの。うちの神社では、神職が一堂に会して、神具作りの祈禱をおこなうのよ」

そう言って、蕾火が雪音の手をきゅっと握る。

「あなたの成功を祈ってる。絶対に上手くいくわ」

温かな力がこみ上げて、雪音は友人の手を握り返した。

結納式から、すべてが怒濤《どとう》だった。

藤矢が放った光の矢により、早梅と雪音は完全に剝離《はくり》された。

その後は燕が呼んでいた増援により捕縛。

浮ヶ谷父娘《おやこ》も身柄を取り押さえられ、浮ヶ谷御景神社には監査が入った。

そこで判明したのは、浮ヶ谷家が禍津《まがつ》神《かみ》派に与《くみ》したのはごく最近だということ。目的は自分たちの地位向上で、たびたび総本社に出入りをしたり、雪音にちょっかいをかけたりしながら、結納の儀式で大きく仕掛け、失敗した。それだけだった。

禍津神派の本丸を叩《たた》く手がかりは見つからず。

浮ケ谷がトカゲのしっぽ切りにあったことは明白で、それは禍津神である早梅も同じ。禍津神派にとって、神でさえ替えの利く一体に過ぎなかった。

早梅は御景神社の管理下で、厳重に封印されている。

――六出神社の娘は、ただのお手付きではなかったようだ。

――禍津神を封じるため、我が身を捧《ささ》げようとしたとか。

――先の襲撃では、藤矢様をお守りするために、自らの首に刃《やいば》を立てたらしいぞ。

あの場で息も絶え絶えだった列席者たちが証言し、それに尾ひれが付いた噂が、界隈《かいわい》を駆け巡った。

「俺の産みの母は、御景の分社生まれだった。そこは摂社に厄除《よ》けの神も祀《まつ》っていて、あの光の矢――破魔矢を受け継いでいたんだ」

その晩。寝室の床の間に飾られた弓を横目に、藤矢は語ってくれた。

「母の分社は禍津神派の襲撃で焼けて、御神体も神具も灰になった。社家の者も俺以外は全滅している。弓を引くと、どうしても当時のことを思い出す」

「……それで、普段は使わないんですね」

「心が揺らいでしまうから、シンプルに使い勝手が悪いんだよ」

静かな夜に、衣擦《きぬず》れが鳴る。藤矢が雪音の方を向いた音だ。

「だけどあの日は、夢中だった」

「お礼を言っても？」

「……尋ねなくていいよ」

「ありがとうございます。ちなみに謝るのは……」

「それは却下。初めて会ったとき、俺が言ったことを忘れた？」

忘れるわけがない。ずっと心に灯《とも》し続けてきた、明るくて温かな光なのだ。

「約束通り何度でも言う。君は何も悪くない。一切の罪悪感を捨ててくれ」

頼もしい言葉。藤矢の優しさは、憂いも悲しみも全部包み込んでくれる。

だけどもう、それだけをよすがにはしたくない。


縁切りの儀式の、当日。

暗雲の立ち込める空の下、御景神社の神楽《かぐら》殿にいるのは雪音と藤矢、そして雅楽隊だけだ。

建物の外には燕が待機している。人払いがされており、静謐《せいひつ》が辺りを満たしている。

（……よし）

雪音は剣舞用の衣装に身を包んでいた。紅色の着物に、躍動するような束ね熨斗《のし》と菊紋様。松葉鼠の袴《はかま》には、真珠色の刺繍《ししゅう》糸で雪花がちりばめられている。

額には雪紋を象《かたど》った金の釵子《さいし》。長い髪は剣舞に障りないよう、組紐《くみひも》でまとめ上げた。

狼星に手を伸ばす。しつらえられたばかりの美しい鞘に納まって、荘厳な気配をまとっている。

厳かな旋律が流れ始める。龍笛《りゅうてき》の音色が舞い立ち昇り、篳篥《ひちりき》と笙《しょう》が追いかける。

雪音は小さく息を吸って、神楽殿の中央に進んでいく。右手はまだ柄《つか》に添えるだけ。

ここで重要なのは足取りだ。反閇《へんばい》と呼ばれる、呪術的な歩行方法。雪音にとって子どものころから染み付いている、呼吸のような足取りである。

いよいよ刀を抜く。まずは左手で鞘を握り、親指で鍔《つば》を押し上げる。続いて右手で柄を握り、鞘を地面と水平に保つ。息を止め、一気に引き抜く。勇ましく、それでいてしなやかに。これは舞だ。

（これが藤矢さんを苦しめてきた……呪いの縁）

座して待つ藤矢の全身から、無数の糸のようなものが伸び出している。

雪音にしか見えない、藤矢の縁。そのうちひときわ太い一本が、獲物を捕らえた蛇のように、ぎっちりと藤矢の身体に巻き付いている。

（こんなの、ちゃんと切れるのかな……もしも失敗したら……）

心臓がきりりと痛む。手汗が滲《にじ》み、刀を落としそうになる。柄を深く握り直す。

（あ……）

ふと、藤矢と目が合った。

彼は剣舞の最中、ただ背筋をまっすぐに、雪音を見つめているだけだった。迷いのない眼差《まなざ》しは、これから起きるすべてを受け入れる、しなやかな強さをたたえている。

（……大丈夫だ。切れる）

雪音はふと、全身が軽くなった気がした。

刀は全身で使うものだ。腕や心や、どこかばかりに頼ってはいけない。頭のてっぺんからつま先まで、心のうちまですべて含めて、自分が刀になったような気持ちで振るうと教わった。

狼星の刀身を、音もなく振り下ろす。ほんの僅《わず》かに風が吹く。

禍々《まがまが》しく太い縁が、ぐにゃりと形を変える。切り口から糸が解《ほど》け、ばらばらになって空気中に霧散し、すぐに溶けて消えていく。

雅楽隊が去ったあとの神楽殿に、雪音と藤矢は二人きりだった。

「痣《あざ》が消えてる……」

恐る恐る開いた首元を見やり、藤矢はしばし黙り込んだ。そして、ぱたり。

「と、藤矢さん⁉」

その場に大の字になって倒れ込む。雪音が慌てて駆け寄れば、そのまま首に腕を回され、胸元に抱き寄せられた。

「藤矢さん！　わ、私今、汗かいてるので……！」

「構わない」

「構います！」

「……頼むよ」

背に回された腕に、ぎゅっと力が込められる。

耳元で聞こえた声色は、いつもの彼らしくなかった。微《かす》かに震えてか細い。相反して、雪音が押しつけられた胸元からは、強く確かな鼓動が聞こえてくる。

「頼む」

(……成功したんだ)

雪音もまた、自分の指先が微かに震えているのに気づく。

終わったのだ。縁切りの儀式が終わった。あの呪いの痣が消えていることが成功の証明だろう。

(これで藤矢さんは、二十歳になっても死なない)

夢かな。夢かもしれないと思う。どうも現実感がない。

「藤矢さん、あの……」

「ん？」

「頬をつねってみてくれませんか」

「は？」

と、藤矢は訝《いぶか》しげに雪音を見上げる。だがそれでも一応片手を伸ばし、頰を指先で摘まんでくれた。

「……痛くないです。やっぱり夢かも」

「力を入れてないからだ」

「え……痛くしてほしいんですけど……」

「無理だよ」

「え、わっ」

ぐっと腕を引かれ、思わず目を瞑《つぶ》る。衝撃はなかったが姿勢が変わり、雪音は藤矢に組み敷かれた状態になる。

「……藤矢さん？」

「君は恩人だ。君が嫌がるようなことは出来ない」

重力で髪が降り、藤矢の顔に影が落ちる。表情は雪音から見えにくくなったけれど、それでも分かることがあった。

「恩人じゃなくても、私が嫌がるようなことはしないですよね。藤矢さんは優しいから」

雪音は藤矢の頰に手を伸ばした。

「いつも私が欲しい言葉をくれます。罪悪感を捨てろって言って、私が捨てたら藤矢さんが拾っちゃう。藤矢さんの優しさはたまに自分を傷つけているものだから……ちょっと辛《つら》いです」

視線が絡み合う。藤矢の瞳《ひとみ》に、雪音の姿が鏡写しになっている。

「優しくしてくれなくてもいいです。これからは、藤矢さんの苦しみを私にも背負わせてほしいんです」

縁切りは無事に終わった。本来の契約で言えば、雪音の大仕事は終わったことになる。

だが早梅を抑え込めたとはいえ、禍津神《まがつかみ》派との戦いが終わったわけではない。藤矢はこれからも、前線に立ち続けるだろう。放っておけば、また全部を一人で背負いこんでしまう。自分の命でさえ、他人に何かを与えるために使ってしまう。

そんな藤矢を見ているのが、雪音は辛い。だからこれは、とても自分勝手な願いごとだ。

「私、縁切りが終わっても藤矢さんと……」

「ちょっと待った」

「ん」

唇に藤矢の指が押し付けられ、雪音は思わず言葉を止めた。

「……あの私、今大事な話を」

「大事な話を、君からしようとしたな？」

藤矢は眉間《みけん》を寄せ、怒ったような呆《あき》れたような、複雑な表情を浮かべている。

「いや……待たせた俺が悪いのか」

「？　特に待ちぼうけを食らってはいませんよ」

「ああ、うん。そうだ。俺は君の、そういうところも好きなんだと思う」

あまりにもさらりと口にされて、今度は雪音が驚く番だった。

「……そうなんですか？」

「何、どうかした？」

「好きなんですか……？」

思わず藤矢の頰から手を離す。だが藤矢は藤矢で、雪音が動揺している理由が理解できないらしい。

「君は違うのか？」

「へ……」

「俺と同じ気持ちなんだと思っていたが」

雪音は身を強張《こわば》らせる。動揺で脈拍がおかしなことになっていた。

一方の藤矢は視線を伏せ、ゆっくりと顔を近づけてくる。

「……っ、待ってください！」

キスの寸前で、雪音は藤矢の唇を両手で覆った。

「……おい」

「す、すみません……！　全然嫌じゃないんです、むしろ嬉《うれ》しいんですけど、それでもまだ心の準備が出来てなくて……」

頰も耳も全部熱い。きっと真っ赤に火照っているだろう。

言葉も視線もあちこち彷徨《さまよ》っている雪音を前に、藤矢はしばし黙り込んでいた。

そしてほどなく、自分の口元を覆う雪音の手をそっと解《ほど》く。

「……悪かった。俺も少し焦ったかもしれない」

そう言いながら、藤矢は雪音の瞳を覗《のぞ》き込み、二人の指を絡めてきゅっと握った。

「まずは約束のデートをしてくれないか。ようやくこうして、手を繋《つな》げるようになったから」

「……はい！」

指先から伝わる藤矢の温《ぬく》もりを確かめながら、雪音はふと思い立つ。

「……縁切りの鞘《さや》っていうのは、こういうことだったんでしょうか」

「というと？」

「本当は結婚っていう形が問題ではないのかもしれません。縁切りの力は、使い方を間違えるととても危ないものだから……守る者がなければ、扱えないんじゃないかなって」

藤矢が微笑む。春先の風や光のような、柔らかく温かい微笑みだった。

「それなら、鞘の責任は重大だな。他の男にはとても任せられない」

彼の隣を歩きたいなと思った。ただ守られるだけではなく、彼が抱えるとてつもなく重い荷物を、少しでも一緒に背負わせてほしい。

これから先、いつまでも。

参考文献

『眠れなくなるほど面白い　図解　神道』渋谷申博　日本文芸社
『社をもたない神々』神崎宣武　KADOKAWA
『しぐさの民俗学』常光徹　KADOKAWA
『神主さんの日常』瀬上あきら　マッグガーデン
『東京の神社さんぽ　願いごと別・ベスト神社と最強コースを大発表！』戸部民夫　エクスナレッジ

本書は書き下ろしです。
この作品はフィクションです。実在の人物、団体等とは一切関係ありません。

縁《えん》切《き》り姫《ひめ》の婚《こん》約《やく》

白土《しらと》夏海《なつみ》

令和6年 6月25日　初版発行

発行者●山下直久

発行●株式会社KADOKAWA
〒102-8177　東京都千代田区富士見2-13-3
電話　0570-002-301（ナビダイヤル）

角川文庫 24208

印刷所●株式会社暁印刷
製本所●本間製本株式会社

表紙画●和田三造

●お問い合わせ
https://www.kadokawa.co.jp/（「お問い合わせ」へお進みください）
※内容によっては、お答えできない場合があります。
※サポートは日本国内のみとさせていただきます。
※Japanese text only

ISBN 978-4-04-115040-5　C0193

角川文庫発刊に際して

角川源義

第二次世界大戦の敗北は、軍事力の敗北であった以上に、私たちの若い文化力の敗退であった。私たちの文化が戦争に対して如何に無力であり、単なるあだ花に過ぎなかったかを、私たちは身を以て体験し痛感した。西洋近代文化の摂取にとって、明治以後八十年の歳月は決して短かすぎたとは言えない。にもかかわらず、近代文化の伝統を確立し、自由な批判と柔軟な良識に富む文化層として自らを形成することに私たちは失敗して来た。そしてこれは、各層への文化の普及滲透を任務とする出版人の責任でもあった。

一九四五年以来、私たちは再び振出しに戻り、第一歩から踏み出すことを余儀なくされた。これは大きな不幸ではあるが、反面、これまでの混沌・未熟・歪曲の中にあった我が国の文化に秩序と確たる基礎を齎らすためには絶好の機会でもある。角川書店は、このような祖国の文化的危機にあたり、微力をも顧みず再建の礎石たるべき抱負と決意とをもって出発したが、ここに創立以来の念願を果すべく角川文庫を発刊する。これまで刊行されたあらゆる全集叢書文庫類の長所と短所とを検討し、古今東西の不朽の典籍を、良心的編集のもとに、廉価に、そして書架にふさわしい美本として、多くのひとびとに提供しようとする。しかし私たちは徒らに百科全書的な知識のジレッタントを作ることを目的とせず、あくまで祖国の文化に秩序と再建への道を示し、この文庫を角川書店の栄ある事業として、今後永久に継続発展せしめ、学芸と教養との殿堂として大成せんことを期したい。多くの読書子の愛情ある忠言と支持とによって、この希望と抱負とを完遂せしめられんことを願う。

一九四九年五月三日